双葉文庫

はぐれ長屋の用心棒

秘剣霞颪

鳥羽亮

目次

この作品は双葉文庫のために書き下ろされました。

秘剣　霞颪《かすみおろし》

はぐれ長屋の用心棒

第一章　三人の刺客

一

「ねえ、もっと飲んでくださいよ」

お吟《ぎん》が甘えたような声で言って、銚子を手にした。

「わしか」

そう言って、華町源九郎《はなまちげんくろう》が猪口《ちょく》を差し出した。口をひき結んでむずかしい顔をしたが、目は糸のように細くなっている。

お吟は色白の年増《としま》だった。酒気を帯びて頬や首筋がほんのりと朱に染まっている。なんとも色っぽい。

お吟は源九郎に酒をつぎ終えると、膝をずらして、

「菅井《すがい》の旦那も、どうぞ」

と言って、銚子を手にしたまま笑みを浮かべた。

「おれにも、ついでくれるのか」

慌てて菅井紋太夫《もんだゆう》が、猪口を手にした。

菅井は肩まで伸びた総髪で、頬の肉がえぐり取ったようにこけていた。顎がとがり、般若《はんにゃ》のような顔をしている。その顔が照れたようにゆがみ、赭黒《あかぐろ》く染まっていた。不気味な顔である。

源九郎と菅井は、深川今川町《いまがわちょう》にある小料理屋、浜乃屋《はまのや》に来ていた。お吟は浜乃屋の女将《おかみ》である。浜乃屋は小体《こてい》な店で、戸口を入ると狭い土間があり、その先に衝立で間仕切りのしてある座敷があるだけだった。小女や酌婦はおいてなく、女将のお吟と板場に吾助《ごすけ》という還暦にちかい男がいるだけである。

浜乃屋を馴染みにしているのは、源九郎だった。お吟とは、長い付き合いで情を通じあった仲である。いつもひとりで来ているのだが、今日は同じ長屋に住む菅井を連れて来たのだ。

お吟は、娘のころ袖返しのお吟と呼ばれた女掏摸《すり》だった。そのお吟が、源九郎のふところを狙って押さえられ、改心して父親の栄吉《えいきち》とふたりで浜乃屋を始めたのだ。ところが、掏摸仲間のごたごたに巻き込まれて栄吉が殺され、お吟も命を狙われる羽目になった。源九郎はお吟を助けて長屋にかくまってやったが、そのとき情を通じあう仲になったのである。

だが、源九郎は還暦にちかい老齢だった。おまけに長屋暮らしの牢人で、傘張りと華町家からのわずかな合力で、ほそぼそと食いつないでいる身だった。お吟といっしょになっても食わしてやれないし、老いぼれ牢人と、粋な年増とでは釣り合いもとれない。

それで、源九郎はお吟にいっしょになってくれとは言えず、ふところが暖かいときだけ、浜乃屋に顔を出しているのだ。

菅井は五十がらみ、生れながらの牢人で源九郎と同じように独り暮らしだった。両国広小路《ひろこうじ》で、居合抜きを観せて銭をもらっている大道芸を生業《なりわい》にしていた。ただ、居合の腕は本物だった。菅井は、田宮流《たみやりゅう》居合の達者だったのである。

その菅井が、源九郎の家に顔を出し、

「華町、一杯やらんか。銭ならあるぞ」

と、声をかけたのだ。菅井によると、昨日の居合い抜きの見世物で、一分ちか

くの銭が集まったというのだ
「それだけあれば、浜乃屋に行けるぞ」

思わず、源九郎はそう言ってしまった。このところ、しばらくお吟の顔を見てなかったせいであろう。

「まァ、浜乃屋でもいいか」

菅井は、源九郎とお吟ができていることを知っていたので、あまり乗り気ではなかったようだ。

そんな経緯があって、源九郎と菅井は浜乃屋で飲んでいたのである。

「ねえ、旦那、どうして来てくれなかったんですよ」

お吟が、すねたような声で言った。

「い、いそがしくてな」

源九郎は声をつまらせた。金がなくて、来られなかったとは言えなかったのだ。

「いそがしいって、傘張りが？」

お吟は、源九郎の生業が傘張りだと知っていた。

「わ、わしにも、いろいろあってな」

源九郎が慌てて猪口に手を伸ばした。源九郎は丸顔で垂れ目、どことなく茫洋《ぼうよう》とした憎めない顔をしていた。その顔が赤くなっている。

「まさか、どこかにいい女《ひと》ができたんじゃァないでしょうね」

お吟が、源九郎を上目遣いに見ながら訊《き》いた。

「わしに、いい女ができたと思うか」

源九郎がそう言うと、お吟は身を引いて源九郎を見つめ、

「旦那には、無理だわね」

と言って、笑みを浮かべた。

「はっきり言うな」

「でも、いいの。旦那のいいところは、わたしが一番よく知ってるんだから」

お吟は銚子を取ると、源九郎と菅井の猪口に酒をついでやった。

そのとき、表の格子戸があいて、客が三人入ってきた。大工であろうか。三人とも丼《どんぶり》（腹がけの前隠し）の上に印半纏《しるしばんてん》を羽織っていた。

「いらっしゃい」

お吟は、すぐに腰を上げた。顔がひきしまり、女将らしい顔に変わっている。

「ふたりとも、ゆっくりやってってくださいね」

お吟はそう言い残し、源九郎たちのそばを離れると、嬌声《きようせい》を上げて三人の客を迎えた。どうやら、三人とも馴染み客らしい。

その場に取り残された源九郎と菅井は、白けたような顔をして虚空に目をとめていたが、

「華町、飲め」

菅井がぞんざいな物言いで銚子をむけた。

「うむ……」

源九郎は猪口に酒をついでもらったが、口をつけただけですぐに猪口を膳の上に置いてしまった。お吟がいなくなったら、急に酒がまずくなったような気がした。

座敷の隅の衝立の向こうから、お吟の甘い声と男たちの下卑《げび》た談笑の声が聞こえてきた。ますます酒がまずくなる。

「だいぶ飲んだな」

菅井が渋い顔をして言った。

「そうだな」

まだ、飲み足りない気もしたが、潮時かもしれない。

「長屋に帰って将棋でもするか」

菅井は無類の将棋好きだった。何か理由をつけては将棋を指したがる。菅井にとって、源九郎は将棋敵でもあったのだ。

「将棋な」

すでに、暮れ六ツ（午後六時）を過ぎていた。これから長屋に帰って、将棋を指す時間はないだろう。

「ともかく、切り上げよう」

菅井が立ち上がった。

「出直すか」

まだ、酒にもお吟にも未練があったが、源九郎は仕方なく立ち上がった。

二

お吟は源九郎の腕を取って胸を寄せると、

「もう、帰っちゃうんですか」

と、源九郎の耳元でささやいた。

酒気をおびた熱い息が耳朶《みみたぶ》にかかり、こそばゆかった。胸のふくらみが肩先に押しつけられ、甘酸っぱい脂粉の匂いまでした。

とたんに、源九郎の目尻が下がり、鼻の下が伸びた。

「また、来る。ちかいうちにな」

思わずそう言ったが、源九郎のふところは寂しかったので、いつ来られるか分からない。

お吟はすぐに源九郎のそばを離れ、今度は菅井の腕を取って、

「菅井の旦那も、来てくださいよ」

と、甘えるような声で言った。ただ、胸を菅井の肩先に押しつけるようなことはしなかった。源九郎に遠慮したのかもしれない。

「うむ……」

菅井は般若のような顔をしかめ、ちいさくうなずいただけである。

源九郎と菅井は、ゆっくりと歩きだした。お吟は戸口に立ったまま源九郎たちを見送っていたが、ふたりが路地に出て大川端の方へ歩きだすと、きびすを返して店へもどってしまった。

西の空が残照に染まっていた。まだ、辺りは明るかったが、通り沿いの店の軒下や樹陰には淡い夕闇が忍び寄っている。藍色《あいいろ》を帯びてきた頭上の空には、かす

かに星のまたたきも見えた。

ふたりは、無言のまま大川端へ出ると、上流に足をむけた。ふたりの住む伝兵衛《でんべ》店《えだな》は本所相生町《あいおいちょう》にあった。大川端を上流にむかって歩き、本所へ出ればすぐである。

大川は淡い暮色のなかを滔々《とうとう》と流れていた。川面が黒ずみ無数の波の起伏を刻みながら、永代橋《えいたいばし》の彼方の江戸湊《みなと》までつづいている。

日中は、客を乗せた猪牙舟《ちょきぶね》や屋形船、荷を積んだ艀《はしけ》や高瀬舟などが盛んに行き交っているのだが、いまは船影もなく荒涼とした感じがした。ときおり、猪牙舟が波飛沫《なみしぶき》の白い筋を引いて川面を横切っていく。

大川端は静かだった。通り沿いの表店《おもてだな》は店仕舞いし、ひっそりと夕闇のなかに沈んでいた。汀《みぎわ》に寄せる川波の音が足元から聞こえてくる。川沿いの通りには、ぽつぽつと人影があった。居残りで仕事をしたらしい出職の職人や行商人らしい男などが、足早に通り過ぎていく。

源九郎と菅井は、仙台堀にかかる上ノ橋を渡り、松平陸奥守《まつだいらむつのかみ》の上屋敷の前を通り過ぎた。前方に、小名木川《おなぎがわ》にかかる万年橋が迫ってきた。その先には大川にかかる新大橋の橋梁が淡い夕闇のなかに黒く浮かび上がったように見えている。

「前の駕籠《かご》、妙に急いでいるぞ」

菅井が言った。

「そうだな」

武家の乗る権門駕籠らしい。駕籠の一行は小名木川沿いの道から大川端に出て、本所の方へむかっていく。

陸尺《ろくしゃく》と中間《ちゅうげん》のほかに武士が五人したがっていた。急いでいるらしく、小走りに万年橋を渡り始めた。

「おい、あいつら、なんだ！」

菅井が声を上げた。三人の武士が、駕籠の方へ走っていく。駕籠の一行を追っているようだ。

「駕籠を襲う気のようだぞ」

三人とも、黒布で顔を隠していた。いずれも小袖に袴姿で、二刀を帯びている。左手を鍔元《つばもと》に添えて疾走していく。

迅《はや》い。三人は一気に駕籠に迫った。源九郎の目に、三人の姿が獲物を追う夜走獣のように映った。

「追剝《おいは》ぎか！」

菅井の足が速くなった。

「武家の駕籠を襲う追剝ぎはいまい」

源九郎は、追剝ぎや辻斬りの類ではないとみた。

「追いつかれたぞ！」

万年橋を渡ったたもとに稲荷があった。その前で、駕籠の一行は三人の襲撃者に追いつかれ、警固の武士が、駕籠を守るように取り囲んだ。警固の武士が、賊は三人だけだ！　殿を守れ！　などと叫んでいる。中間と陸尺は駕籠から離れ、稲荷の赤い鳥居の方へ逃げていく。

襲撃者の三人と警固の武士たちが、次々に抜刀した。いくつもの刀身が銀色《しろがねいろ》にひかり、淡い夕闇のなかにくっきりと浮かび上がったように見えている。

そのとき、白刃が夕闇を切り裂き、絶叫がひびいた。警固の武士がひとり、身をのけ反らせた。襲撃者のひとりに斬られたらしい。

「華町、どうする」

菅井が小走りになりながら訊いた。そうは言ったが、駕籠の主を助ける気になっているようだ。

「わしらの通り道だからな」

源九郎も、小走りになった。このまま駕籠の一行を見捨てて、長屋へ帰る気にはならなかった。

さらに、襲撃者のひとり、巨軀《きよく》の武士の体が躍り、白刃がきらめいた。次の瞬間、警固の武士が、呻《うめ》き声を上げてよろめいた。襲撃者の切っ先をあびたのである。

……手練《てだれ》だ！

源九郎は察知した。

巨軀の武士もそうだが、他のふたりも遣い手らしい。駕籠を警固しているのは五人だが、すでにふたり斬られている。このままでは、駕籠の主の命はないだろう。

源九郎たちが万年橋を渡ったところで、

「待て！　双方とも手を引け！」

菅井が大声を上げた。

その声で、三人の襲撃者は後じさり、間合を取ってから振り返った。背後から来る源九郎と菅井に目をむけている。

すると、三人のうちのひとりだけ、きびすを返した。巨軀の武士である。どうやら、ひとりで源九郎と菅井に対処し、他のふたりで駕籠の主を襲うつもりらしい。

「あの男は、わしが相手する。菅井は、駕籠を守れ」

走りながら、源九郎が言った。

「承知した」

菅井の目が薄闇のなかで底びかりしている。走ったせいで息が荒くなり、ひらいた口から牙のような歯が覗いていた。総髪が乱れて、額をおおっている。まるで夜叉《やしゃ》のような顔である。

三

「うぬら、邪魔立てすると命はないぞ」

巨軀の武士が低い声で言った。

対峙した源九郎を見すえた双眸《そうぼう》が、射るようなひかりを宿していた。肩幅がひろく、どっしりと腰が据わっていた。武芸の修行で鍛え上げた体である。

「こ、ここは、天下の大道……。うぬらこそ、早々に引き取れ」

源九郎の声が喉につまった。走ってきたために、息が上がったのである。ゼイゼイと喉が鳴っている。

「老いぼれ、気でも触れたのか」

巨軀の武士が目を細めた。笑ったらしい。あらためて源九郎の風貌を見て、老いた貧乏牢人なので、侮《あなど》ったらしい。

「引かねば、やるしかないな」

言いざま、源九郎は抜刀した。端《はな》から、簡単に引き下がる相手でないことは分かっていた。

「抜いたか。ならば、相手せねばなるまい」

巨軀の武士が青眼に構え、切っ先を源九郎に向けた。

腰の据わったどっしりとした構えで、切っ先がピタリと源九郎の目線につけられている。

刀を手にした源九郎の姿と顔が豹変した。茫洋とした表情が消え、ひきしまった顔になった。双眸が切っ先のようにひかっている。背筋が伸び、腰が据わってひとまわり体が大きくなったように見えた。その身辺には、遣い手の剣客の凄《すご》みと威風がただよっている。

老いてはいたが、源九郎は鏡新明智流《きょうしんめいちりゅう》の達人だったのだ。

「まいる！」

源九郎も青眼に構えた。

切っ先が、巨軀の武士と同じように敵の目線につけられた。隙のないゆったりとした大きな構えである。

「おぬし、できるな」

巨軀の武士の目に驚きの色が浮いた。源九郎の構えを見て、腕のほどを察知したようだ。

だが、武士はすぐに表情を消した。そして、青眼から八相に構えなおした。八相が、巨軀の武士の得意な構えかもしれない。

巨軀の武士は全身に気勢を込め、斬撃の気配をみなぎらせた。双眸が炯々《けいけい》とひかり、猛虎を思わせるようだった。

……できる！

源九郎の目に武士の体がふくれ上がったように見えた。気魄《きはく》と剣尖《けんせん》の威圧で、体が大きく感じられるのだ。

源九郎も全身に気魄を込め、斬撃の気配を見せた。

ふたりは青眼と八相に構えたまま、身動《みじろ》ぎもしなかった。気魄と気魄で攻め合っているのだ。気の攻防である。

　このとき、菅井は駕籠に切っ先をむけていた瘦身の武士に背後から迫っていた。左手を鍔元に添えて鯉口を切り、右手で柄を握っている。

　瘦身の武士が反転した。菅井の剣気を感じとったようだ。黒覆面の間から細い目が見えた。切っ先のようなひかりを宿している。

「邪魔立ていたすか！」

　瘦身の武士が切っ先を菅井にむけた。

「おぬしらこそ、手を引け！」

　菅井は瘦身の武士と対峙し、居合腰に沈めた。

　間合は、およそ三間半。居合の抜きつけの間合より遠い。菅井は足裏を摺《す》るようにして敵との間合をつめた。居合は敵との間積もりと抜刀の迅《はや》さが命である。

「居合か」

　瘦身の武士は、菅井が抜刀体勢を取ったまま間合をつめ始めたことで、居合を遣うと察知したようだ。

　すぐに、瘦身の武士は青眼に構え、切っ先を菅井の喉元につけた。敵が居合を遣うと見て、やや切っ先を下げたのである。

……なかなかの遣い手だ！

と、菅井は思った。

武士の構えに隙がなく、全身に気勢が満ちていた。切っ先には、そのまま喉を突いてくるような威圧がある。

だが、菅井は臆さなかった。抜刀体勢をとったまま、ジリジリと敵との間合をつめていく。

ふたりの間合が狭まるにつれ、お互いの剣気が高まり、斬撃の気がみなぎってきた。

ふいに、菅井が寄り身をとめた。居合の抜きつけの間合に迫っている。

菅井は気魄で敵を攻め、斬撃の気配を見せた。

ピクッ、と武士の剣尖が浮いた。一瞬、菅井の気攻めに押されたのだ。

刹那《せつな》、菅井の全身に剣気がはしった。

イヤァッ！

裂帛《れっぱく》の気合を発し、菅井が抜きつけた。

腰元からの閃光《せんこう》が、稲妻のように大気を切り裂く。

瞬間、武士が背後に跳んだ。俊敏な動きである。

ハラッ、と武士の着物の左肩先が裂けて垂れ、あらわになった肌に血の線がはしった。次の瞬間、血が噴出し、肩口を朱に染めた。

「おのれ！」

痩身の武士が叫んだ。細い目がつり上がっている。

だが、それほどの深手ではなかった。一瞬、背後に跳んだため、うすく皮肉を裂かれただけである。

一方、菅井はすばやい太刀捌《さば》きで納刀し、ふたたび居合の抜刀体勢を取っていた。居合は抜刀の迅さと同時に、納刀の迅さも腕のうちである。

「次は、首を刎《は》ねるぞ」

菅井はふたたび居合腰に沈めた。双眸が爛々《らんらん》とひかっている。夜叉のような風貌とあいまって、尋常な者なら怖気《おぞけ》をふるうような不気味さがあった。

一方、源九郎と巨軀の武士は、一足一刀の間境の手前で対峙していた。そのとき、菅井の抜き付けの一刀を放つ気合がひびいた。

刹那、ふたりの全身に剣気がはしった。

タアッ！

トオオッ！

ふたりの気合が静寂を劈《つんざ》き、体が躍動した。

源九郎の刀身が青眼から袈裟《けさ》へ。

同時に、巨軀の武士の切っ先が青眼から真っ向へ。

二筋の閃光《せんこう》が弧を描き、眼前で合致した。

甲高い金属音がひびき、青火が散った。ふたりの刀身は合致したまま動かなかった。鍔迫り合いである。

が、ふたりが刀身を合わせていたのはほんの数瞬だった。ほぼ同時に、ふたりは刀身を押しざま弾き合うように背後へ跳んだ。

跳びながらふたりは、二の太刀をはなっていた。一瞬の太刀捌きである。

源九郎は敵の籠手《こて》へ。

武士は袈裟へ斬り落とした。

次の瞬間、源九郎の着物の肩先が裂けた。だが、着物を裂かれただけである。

一方、武士の右手の甲にかすかに血の色が浮いた。源九郎の切っ先がかすめたのである。

「初手は互角か」

武士が低い声で言った。

「そのようだな」

源九郎も互角だと思った。お互い、浅かったのである。

「ならば、おれの手を見せねばなるまい」

巨軀の武士はそう言うと、八相に構え、切っ先を後ろへむけた。変わった構えである。刀身を寝せて肩に担ぐように構えている。

……異様な剣だ！

と、源九郎は思った。源九郎から刀身が見えなくなったのだ。柄頭が源九郎の目線につけられている。

「いくぞ！」

一声上げて、巨軀の武士が間合をつめようとしたときだった。

襲撃者のひとり、長身の武士が呻《うめ》き声を上げ、つづいて、

「ここは、引くしかない！」

と、叫んだ。浅手のようだが、着物の肩先が裂けていた。

長身の武士は後じさりながら、痩身の武士と巨軀の武士に目をむけた。源九郎

と菅井の出現で、駕籠の主を仕留めるのはむずかしいと思ったようだ。

長身の武士は警固の武士たちから離れると反転して走りだした。

これを見た痩身の武士も、すばやい動きで菅井との間合を取り、きびすを返して駆けだした。

ふたりが逃げるのを見た巨軀の武士は、すばやく後じさりして源九郎との間を取ると、

「いずれ、おぬしは斬る」

と言い残し、ふたりの武士の後を追って走りだした。ここは逃げるしか手はないとみたようだ。

源九郎と菅井は逃げる三人を追わなかった。襲撃されている駕籠を見て助ける気になったが、初めから三人を仕留める気はなかったのだ。

三人の武士の後ろ姿が、濃い暮色のなかを遠ざかっていく。

源九郎と菅井がつっ立ったまま遠ざかっていく武士に目をやっていると、

「か、かたじけのうござる」

背後で、声が聞こえた。

駕籠の警固についていた武士だった。小柄で、初老である。皺《しわ》の多い顔が、恐

怖にひき攣《つ》っていた。羽織袴姿だったが、羽織の片袖が裂けて垂れ下がっている。

駕籠に目をやると、四十がらみと思われる武士が立っていた。上物らしい小紋の羽織と同柄の袴姿だった。身分のある武士らしい。

夕闇のせいで、武士の表情ははっきり見えなかったが、源九郎たちに頭を下げていた。助けてもらった礼であろう。

「おふたりの御尊名を、おうかがいしたいのでござるが……」

初老の武士が腰を低くして訊いた。

「それがし、菅井紋太夫でござる」

菅井が言ったので、仕方なく源九郎も、

「華町源九郎ともうす。見たとおりの牢人でござる」

と、名乗った。

「いずれ、あらためてお礼にうかがいますが、お住居《すまい》は?」

「いや、礼は結構でござる。われらも、急いでおりますれば、これにて」

源九郎はそう言うと、何か言いたそうに立っている菅井の背を押して歩きだした。何者か知れぬが、わざわざ長屋に礼に来るほどのことはないと思ったのである。

源九郎と菅井が歩き出すと、すこし遅れて駕籠の一行も動きだした。斬られた者がふたりいたが、中間が肩に腕をまわし、抱きかかえるようにして駕籠の後ろについた。命にかかわるような深手ではないようだ。

四

長屋の軒先から落ちる雨垂れの音が聞こえていた。小雨になってきたらしく、雨垂れの音が弱々しくなっている。戸口の腰高障子もいくぶん明るくなってきたようだ。

「菅井、雨は上がりそうだぞ」

源九郎は、将棋の駒を指先にはさんだまま戸口の方へ目をやった。

伝兵衛長屋の源九郎の家である。今朝は雨だったので、さっそく菅井は将棋盤をかかえて源九郎の部屋へやってきたのだ。

菅井は両国広小路で居合抜きの見世物をしていたが、雨の日は商売にならない。それで、雨が降ると決まって源九郎の部屋へ将棋を指しにくるのだ。

「今日は、商売にならぬ」

菅井は口をへの字に結び、渋い顔をして将棋盤を睨んでいる。形勢が悪いのだ。菅井は無類の将棋好きだが、あまり強くない。いわゆる下手の横好きというやつである。

「まだ、五ツ半（午前九時）ごろだぞ。いまからでも、遅くはない」

十分商売になるだろう、と源九郎は思った。

「商売より将棋だ」

「将棋など、いつでもできるではないか」

そう言って、源九郎は手にした銀を飛車の前に打った。王手飛車取りの妙手である。これで、さらに菅井は追いつめられるはずだ。

「銀か。……うむむ」

菅井は、低い唸《うな》り声を上げて将棋盤を睨んでいる。

「ところで、菅井、大川端で駕籠の主を助けたな」

源九郎が言った。

「ああ……」

菅井は将棋盤を睨んだままである。

「何者か、分かったか」

大川端で、襲われていた駕籠の主を助けてから三日経っていた。源九郎は、気になっていたのである。

「知らん」

菅井が突《つっ》っ撥《ぱ》ねるように言った。

「幕臣のようだったがな。何者であろうな」

「そんなことより、この銀、待ってくれんか」

菅井が、うらめしそうな顔をして源九郎に目をむけた。

「待てん」

「薄情な男だな」

「何が薄情だ。将棋も真剣勝負と同じだぞ。……太刀を振り下ろしてから、待ってくれと言っても遅いだろう」

源九郎が胸を張って言った。もう勝負はみえていた。よほどの妙手でもなければ、あと、数手でつむだろう。

「ならば、こうだ」

言うや否や、菅井が将棋盤の駒を手で掻《か》きまわした。

「な、なにをする！」

源九郎が慌てて言ったが、遅かった。

「いま、一手だ」

菅井は当然のような顔をして駒を並べ始めた。

「まったく、子供のようだな」

源九郎は苦笑いを浮かべながら駒を並べ始めた。

将棋盤に駒を並べ終え、お互いが三手ほど指したとき、戸口に近付く足音がした。三、四人であろうか。聞き慣れた長屋の住人の足音ではなかった。

足音は源九郎の家の前でとまった。家のなかをうかがっているような気配がする。

源九郎は腰を浮かせた。刀は部屋の隅に立て掛けてある。菅井も顔をけわしくして、脇に置いてあった刀に手を伸ばした。

「華町どの、おられますか」

障子の向こうで男の声がした。どこかで、聞いたような声だが、だれだか思い出せない。ただ、源九郎たちを襲うつもりはないようだ。声はおだやかで、懐かしそうなひびきがあったのだ。

「どなたかな」

源九郎が立ち上がりながら訊いた。

「荒船幾三郎《あらふねきさぶろう》でござる」、障子の向こうで答えた。

「荒船か」

そう言って、菅井が勢いよく立ち上がった。

荒船は菅井の義妹にあたる伊登《いと》の夫である。幕臣で、御小人《おこびと》目付だった。御徒《おかち》目付の配下で、御家人を監察糾弾する役職である。ちなみに、旗本を監察糾弾する役職は御目付で、御徒目付は御目付の配下ということになる。

伊登の先夫も御小人目付で、幕臣のからむ事件の探索中に斬殺されてしまった。そのおり、源九郎と菅井は荒船に協力して伊登を助けたのだ。なお、その事件を通して、伊登と荒船は結ばれたのである。

「はい」

「入ってくれ」

そう声をかけたのは、菅井である。自分の家のような顔をしている。

腰高障子をあけて、荒船が顔を出した。背後にふたり立っていた。顔ははっきり見えなかったが、いずれも武士だった。羽織袴姿で二刀を帯びている。

「義兄上《あにうえ》も、いっしょでしたか」

荒船がふたりの姿を見て相好をくずした。荒船は小柄で丸顔だった。小鼻が張り、丸い目をしていた。愛嬌のある顔である。

「後ろの御仁《ごじん》は？」

源九郎が訊いた。

「実は、おふたりに願いの筋があってまいったのです」

荒船は、後ろのふたりに、狭い所ですが、入ってくださいと声をかけた。

源九郎は、狭い所は余分だと思ったが、何も言わず、将棋盤から離れて座り直した。さすがに、菅井も将棋をあきらめたらしく、源九郎と並んで膝を折った。

姿を見せたのは、大川端で襲撃された駕籠を助けたおり、あらためて礼にうかがいたいと口にした初老の武士だった。もうひとりは、三十がらみ、眼光のするどい剽悍《ひょうかん》そうな顔をした御家人ふうの武士だった。

初老の武士は、倉林繁右衛門《くらばやししげえもん》、と名乗ってから、

「先日は、お助けいただきかたじけのうござった」

と言って、恭《うやうや》しく頭を下げた。

もうひとりの武士も、倉林の脇でちいさく頭を下げ、

「それがし、徒目付の亀田源十郎《かめだげんじゅうろう》にござる」

と、名乗った。どうやら、亀田は荒船の上役らしい。

「ともかく、腰を下ろしてくだされ」

源九郎が言った。狭い部屋なので、上がってくれとは言いづらかった。上がり框《がまち》にでも、腰を下ろしてもらうしかない。

「では、遠慮なく」

そう言って、荒船が上がり框に腰掛けると、倉林と亀田が並んで腰を下ろした。

五

「それで、御用の筋は？」

源九郎が訊いた。

荒船が、願いの筋があって来た、と口にしたので礼を言いに来ただけではないと思ったのだ。

「実は、おふたりのことを、荒船どのから聞きましてな。そのような御仁がおられるなら、ぜひお力を貸していただきたいと思った次第なのです」

倉林が源九郎と菅井に目をむけて言った。

「うむ……」

用心棒でも頼みに来たのではないか、と源九郎は思った。

本所界隈《かいわい》には、源九郎たちのことをはぐれ長屋の用心棒などと呼ぶ者がいた。これまで、源九郎たちは長屋で起こった事件はもとより、依頼されて無頼牢人に脅された商家を助けたり、勾引《かどわか》された娘を助けて礼金をもらったりしてきた。いわば、人助けと用心棒をかねたような仕事をして金を得、暮らしの足しにしてきたのである。

伝兵衛店がはぐれ長屋と呼ばれているのにも、それなりの理由があった。住人の多くが、食い詰め牢人、家に居られなくなった隠居、大道の物売り、その道から挫折した職人、その日暮らしの日傭取《ひようと》りなど、はぐれ者たちだったからである。

「ところで、あの日、駕籠に乗っておられた方は、どなたですかな」

源九郎は、まず、そのことを訊きたかった。

「御目付の柏崎藤右衛門《かしわざきとうえもん》さまでござる。それがしは、柏崎さまの用人でございまして、あの夜供をしておりました」

倉林によると、所用で深川海辺大工町《うみべだいくまち》にある料理屋、吉浜《よしはま》に出かけた帰りに何者かに襲われたのだという。

「御目付さまでござるか」

源九郎は柏崎の名は知らなかった。ただ、御目付が幕府の要職であることは分かっていた。源九郎は隠居する前、非役だったが、五十石の御家人だったのである。いまは倅の俊之介《しゅんのすけ》が華町家を継ぎ、御納戸《おなんど》同心の役柄であった。

そのとき、黙って源九郎と倉林のやり取りを聞いていた亀田が、

「実は、柏崎さまは何者かに命を狙われているのだ。それで、そこもとたちに手を貸して欲しいのだ」

亀田が言った。

あらためて亀田を見ると、中背だが胸が厚く、腰がどっしりと据わっていた。武芸で鍛えた体である。それに、腰を下ろした姿にも隙がなかった。剣の遣い手のようだ。

「まさか、御目付さまの命を狙うような者はいまい」

御目付は、御徒目付や御小人目付をしたがえ、幕臣の旗本と御家人を監察糾弾する立場である。その、御目付の命を狙う者がいるとは思えなかったのだ。

「げんに、そこもとたちは、柏崎さまが襲われたのを見ておられよう」

亀田が言い添えた。

「うむ……」

源九郎と菅井は、柏崎を襲った三人の武士とやり合って、柏崎を助けていた。辻斬りや追剝ぎとはちがう三人組だった。

「あの三人は、刺客とみている」

亀田が低い声で言った。

「刺客とな」

思わず、源九郎が聞き返した。

「いかさま。……三人はいずれも手練と聞いている」

「たしかに」

それは、源九郎も実感していた。牢人か主持ちの武士かは分からないが、三人とも手練であることはまちがいないようだ。

「それで、柏崎さまが命を狙われるのは、どういうわけだ」

菅井が脇から訊いた。

「柏崎さまは、幕府の重臣の不正を調べておられるのだが、おそらく、その件で

「……」

亀田が語尾を濁した。はっきりしないか、源九郎たちには言いたくないからであろう。

「すでに、それがしと同じ徒目付の者が、刺客に殺害されている。……その者も、柏崎さまの指示で、重臣の不正を調べていたのだ」

さらに、亀田が言った。

「次は、柏崎さまの番というわけか」

「いかさま」

「だが、柏崎さまには大勢の者がついていよう。わしらのようなはぐれ者が出る幕はないと思うが……」

源九郎が小声で言った。

御目付は御徒目付や御小人目付を支配して旗本の監察糾弾はむろんのこと、殿中の諸役にかかわり、掃除頭、駕籠頭、黒鍬《くろくわ》頭、小人頭なども支配していた。そうした配下の者のなかに剣の遣い手もいるはずである。

「いや、ぜひ、そこもとたちに頼みたい」

倉林が首をまわして源九郎たちに目をむけながらつづけた。

「柏崎さまは、いつも大勢の供をしたがえて歩くわけにはいかんのだ。それに、そこもとたちに頼みたいのは、刺客を討つことでござる。荒船どのに聞いたところ、そこもとたち仲間には、町方以上の探索をする者たちもいるとか。……何とか、刺客たちを探し出して討ち取って欲しいのだ」

「それは……」

源九郎は言葉につまった。たしかに、源九郎たちの仲間には、岡っ引きをやめて隠居した者や市中を歩きながら探索したり敵状を探ったりする者もいる。だが、町方以上などとは、とんだ買いかぶりである。それに、御目付ともなれば、調査や探索が専門の目付筋の頭なのだ。その御目付が、手を焼くような相手を探し出して討つことなどとても無理である。

源九郎が渋っていると、

「むろん、そこもとたちだけに頼むのではござらぬ。それがしや荒船など柏崎さまの手の者は総出で探索し、刺客を探し出すつもりでいる。……そこもとたちが手を貸してくれれば、おおいに助かるのだ」

亀田が言い添えた。

すると、これまで黙っていた荒船が、

「華町どの、義兄上、それがしからも、お願いいたします」

と言って、源九郎と菅井に頭を下げた。

「分かった。引き受けよう」

源九郎の脇から菅井が言った。どうやら、義弟に頼まれ、その気になったらしい。

「それはありがたいが、華町どのは、どうでござろう」

「うむ……」

源九郎は、まだ渋っていた。

すると、倉林がすばやくふところから袱紗《ふくさ》包みを取り出し、

「些少《さしょう》だが、これには、この前助けていただいたお礼の気持ちも入っております」

そう言って、袱紗包みを源九郎の膝先に押し出した。

袱紗包みのふくらみ具合から見て、切り餅が四つ、百両はありそうだった。

「分かった。わしも、引き受けよう」

源九郎は手を伸ばして袱紗包みをつかんだ。このところ不如意で、金は喉から手が出るほど欲しかったのである。

六

荒船、倉林、亀田の三人が戸口から出ると、三人と入れ替わるように戸口から孫六《まごろく》が顔を出した。

「ヘッヘへ……。何かいい話でもありましたかい」

孫六が目を細めて土間へ入ってきた。どうやら、荒船たち三人が源九郎の部屋へ入ったのを目にしたようだ。

孫六ははぐれ長屋の住人で、源九郎たちの仲間だった。還暦を過ぎた年寄りで、いまは娘夫婦に世話になっているが、元は番場町《ばんばちょう》の親分と呼ばれた腕利きの岡っ引きだった。十年ほど前に中風をわずらい、すこし足が不自由になって隠居したのである。

「孫六、一杯やらんか」

源九郎が言った。ふところが暖かくなって急に酒が飲みたくなった。それに、百両の金をみんなで分けねばならない。源九郎たちは、仕事を依頼されて金が入ったときは仲間たちで分けることにしていたのだ。

「ありがてえ」

孫六が糸のように目を細め、手の甲で口をぬぐった。

孫六は酒に目がなかった。世話になっている娘のおみよや娘婿に遠慮して酒を飲む機会がすくなかったこともあり、源九郎たちに誘われるのを楽しみにしていたのだ。

「どうだ、すこし金が入ったのでな。亀楽《きらく》に行かんか」

「そいつは、いいや！」

思わず、孫六が声を上げた。目をかがやかせて、舌嘗《したな》めずりをしている。

亀楽は、回向院《えこういん》のそばにある小体《こてい》な飲み屋だった。源九郎たちはぐれ長屋の男たちは、亀楽を馴染みにしていた。はぐれ長屋から近い上に、酒が安かった。あるじの名は元造《もとぞう》。お峰《みね》という通い婆《ばあ》さんとふたりだけでやっている。

「茂次《しげじ》と三太郎《さんたろう》にも声をかけてくれ」

源九郎が言うと、

「へい」

と声を上げ、孫六が戸口から飛び出していった。

茂次と三太郎も、はぐれ長屋の住人で源九郎たちの仲間だった。ふたりとも外で仕事をしていたが、今日は朝方雨だったので長屋にいるはずである。ふたりは菅井と同様、あまり仕事熱心ではなかった。

それから、小半刻（三十分）ほど後、亀楽の飯台のまわりに置かれた空樽に五人の男が腰を下ろしていた。源九郎、菅井、孫六、茂次、三太郎である。

源九郎は元造に五人分の酒と肴《さかな》を頼んだ。肴といっても、ろくなものはなく、今日は鰯《いわし》の煮付けと冷奴、それにたくわんがあるだけだという。源九郎はふところが暖かったので、店にある肴を順に出してもらうことにした。

源九郎たちが元造とお峰が運んでくれた酒で喉を潤すとすぐに、

「華町の旦那、いい話のようで」

と、茂次が目を細めて訊いた。

茂次の生業は研師《とぎし》である。まだ少年のころ、茂次は名のある刀槍の研屋の許に弟子入りして修業したのだが、師匠と喧嘩して飛び出してしまった。その後、はぐれ長屋に住みつき、市中をまわって、包丁、鋏《はさみ》、剃刀《かみそり》など研いだり、鋸《のこぎり》の目立てなどをして暮らしていた。茂次もその道から挫折したはぐれ者である。ただ、お梅《うめ》という女房をもらって所帯をもったので、近頃はいくらか落ち着いてきたようである。

「ちと、厄介《やっかい》な話だぞ」

そう前置きして、源九郎は菅井とふたりで大川端を通りかかったおり、駕籠に乗っていた御目付を助けたことから、荒船たち三人が長屋を訪ねてきたことまでの経緯をかいつまんで話した。

「それで、何を頼まれたんです？」

茂次が訊いた。

三太郎も源九郎に目をむけて話を聞いていた。茂次と三太郎の顔には、戸惑うような表情が浮いていた。依頼主が、御目付と聞いて腰が引けたのであろう。

「駕籠を襲った刺客を探し出して、討ち取って欲しいそうだ」

源九郎が声をひそめて言った。

「そ、そりゃァ無理だ。あっしら、貧乏長屋のはぐれ者ですぜ」

茂次が声をつまらせた。三太郎も、こわばった顔で首を横に振っている。

「無理は承知の上だが、おれたちだけでやるわけではない。……荒船どのや亀田どのの手伝いと考えればいいのだ」

「手伝いですかい」

茂次が声を落として訊いた。

「まァ、そうだ。これまでと同じように、茂次たちは市中を歩いて探ってくれればいいのだ」

「何を探るんで？」

「まだ、分からんが、とりあえず、襲われた柏崎さまの評判でも聞き込んでもらうかな」

源九郎はあらためて荒船に会い、柏崎が調べていた幕府の重臣が何者なのか聞き出し、その関係場所を探りたいと思っていた。それまでは、柏崎の周辺を探るぐらいしか手はなかったのだ。

もっとも、依頼人の身辺を探るのは念のためである。相手の言い分を鵜呑《うの》みにすると、思わぬしっぺ返しを食うことがあるのだ。

「それなら、できやすぜ」

三太郎が言った。

すると、脇から菅井が顎のとがった顔を突き出し、

「それにな、礼金は、五両や十両のはした金ではないぞ」

と、目をひからせて小声で言った。

「い、いくらで？」

孫六が、ゴクリと唾を飲み込んだ。茂次、三太郎のふたりもすこし前屈みになり、菅井と源九郎を食い入るように見つめている。

「百両だ」

源九郎が小声で言った。

「ひゃ、百両！」

孫六が声を上げた。

「おい、大きな声を出すな」

源九郎が店内に視線をまわした。他に客はいなかったし、元造とお峰は板場に入っていたので、だれもいないのは分かっていたが、他人の耳目が気になったのである。

「ちと、耳を貸せ」

源九郎が言うと、孫六、茂次、三太郎の三人が、身を乗り出し、源九郎のそばに顔を寄せた。菅井だけは後ろに身を引いて、猪口の酒をかたむけている。

「五人で分けると、ひとり頭、二十両になる。しばらくの間の飲み代と探索にかかわる金をひとり二両ほど出してもらったとしても、十八両だぞ」

「へ、へい」

孫六が目を剥いたまま返事をした。

「どうだ、やるか？」

「や、やる！」

孫六が声を上げ、茂次と三太郎が同時にうなずいた。

「よし、これで決まりだ。今夜は、おおいに飲もう。なにせ、亀楽の酒をぜんぶ買い上げても余るほどの金がある」

源九郎が一同に目をやって言った。

「ありがてえ！」

孫六が、手の甲で唇をこすった。涎《よだれ》が出てきたらしい。

それから、源九郎たち五人は金を分け、酔いつぶれるほど飲んだ。久し振りに、金の心配をせずに好きなだけ飲んだのである。

七

源九郎たちが亀楽で飲んだ二日後だった。菅井と荒船が、源九郎の家へ姿を見せた。

菅井は源九郎の顔を見るなり、

「荒船から、話があるそうだよ」

と、ぶっきらぼうに言った。荒船は菅井の家に先に寄ったのだという。義兄だから、当然であろう。

「何かな」

源九郎は上がり框のそばに膝を折った。

「おふたりに会っていただきたい方がいるのです。牧村慶之助《まきむらけいのすけ》どので、刺客一味に斬殺された牧村惣次郎《そうじろう》どののご嫡男です」

亀田が口にしていた刺客に斬られた徒目付の嫡男らしい。

荒船によると、牧村は十八歳で、いずれ牧村家を継げるよう柏崎が動いてくれているそうだ。

「刺客一味のことで、わしらに話すことがあるのかな」

源九郎は荒船に顔をむけた。

「はい、それがしから華町どののたちのことを話したら、ぜひお会いしたいとのことでした」

「かまわんよ」

源九郎としても、牧村と会って話を訊いておきたかったのだ。

土間に立ったまま源九郎と荒船のやり取りを聞いていた菅井が、

「牧村どのの屋敷は、御徒町《おかちまち》にあるそうだ」

と、口をはさんだ。

「それがしが、明日、牧村どのをここへお連れしてもかまいませんが」

荒船が言った。

「いや、わしらが行こう」

貧乏長屋に来てもらうのは、気が引けた。それに、茶も出せないだろう。それより、自分たちで牧村家を訪ねた方が気が楽である。

牧村家には明日訪ねることになり、その手筈《てはず》を三人で打ち合わせた。その後、荒船は殺された牧村惣次郎のことを口にした。

荒船によると、牧村は一刀流《いっとうりゅう》の遣い手で御徒目付のなかでも、名の知れた男だったという。

「その牧村どのが、一太刀に斬られたのです。よほど、腕のたつ刺客と思われます」

荒船が顔をこわばらせて言った。

「うむ……」

どうやら、腕のたつ牧村が斬られたこともあって、源九郎たちに話がきたようである。

「ところで、柏崎さまが調べていた幕府の重臣というのは、何者なのだ」

源九郎は、荒船と顔を合わせたおり、このことを訊きたいと思っていたのだ。

「そ、それは、まだ、それがしの口からは……」

荒船は困惑したように顔をゆがめ、亀田さまから、お聞きになってくださいと小声で言い添えた。

荒船の立場では言えないのか、それともはっきりしないのか、荒船は話したくないようだった。

「いずれ、見えてこよう」

源九郎が言った。

それから小半刻（三十分）ほどして、荒船と菅井は源九郎の家を出た。荒船はすぐに帰らず、菅井の家に立ち寄るようである。菅井は義妹の伊登のことを訊きたいのであろう。他に身内のいない菅井は、伊登を血のつながった妹のように思っているのだ。

翌日、源九郎と菅井は五ツ（午前八時）ごろ、はぐれ長屋を出た。

晴天だった。初夏の陽射しが、竪川沿いの道に満ちていた。陽気がいいせいか、いつもより人出が多いようである。

ふたりは両国橋を渡り、しばらく柳原通りを歩いた。そして、神田川にかかる新《あたら》シ橋《ばし》に足をむけた。橋のたもとで、荒船が待っているはずである。

「荒船だ」

橋の上で、菅井が指差した。

橋のたもとの川岸近くで、荒船が待っていた。荒船は源九郎たちの姿を目にすると小走りに近寄ってきた。

「待たせたかな」

源九郎が荒船に声をかけた。

「いや、さきほど来たばかりです」

そう言うと、荒船は先にたって歩きだした。

しばらく、神田川沿いの道を歩き、和泉橋《いずみばし》のたもとを過ぎて間もなく、荒船は右手の路地へ入った。そこは佐久間町《さくまちょう》で、通りの両側には表店がつづいていた。この通りも、行き交う人影は多かった。

町筋を歩きながら、荒船が牧村家の様子を話した。それによると、惣次郎の死後、使っていた下男と下女はやめさせ、現在は嫡男の慶之助と病身の母親、それに十五歳の妹の三人だけで暮らしているという。

「慶之助どのが出仕すれば、家の様子も変わってまいりましょう」

荒船がしんみりした口調で言った。

佐久間町の町筋を抜けると、御徒町である。通り沿いには、御家人や小身の旗本の屋敷がつづいていた。

御徒町へ入っていっとき歩いてから、荒船は板塀の前で足をとめた。

「このお屋敷です」

荒船が小声で言った。

御徒目付は百俵五人扶持《ぶち》だが、それに相応《ふさわ》しい屋根付きの木戸門だった。

門扉はとじていた。屋敷のなかはひっそりとして物音も話し声も聞こえなかった。荒船から話を聞いていたせいか、何となく屋敷全体が重苦しい雰囲気につつまれているように思われた。

荒船が門扉を押すと、門《かんぬき》ははずしてあったらしく簡単にあいた。源九郎たちが来ることは、牧村家に知らせてあったのだろう。

荒船が玄関先に立って訪《おとな》いを請うと、すぐに足音がし、戸口に若侍が姿を見せた。長身で、端整な顔立ちの若者だった。その顔に苦悶《くもん》と悲痛の暗い翳《かげ》が張り付いていた。

「牧村どの、話しておいた華町どのと菅井どのだ」

荒船が小声で言うと、

「牧村惣次郎の一子、慶之助でございます。むさくるしいところですが、お上がりになってください」

と言って、源九郎たちを招じ入れた。

源九郎たちは庭の見える座敷に通された。声は聞こえなかったが、奥に人のいる気配がした。妹と病身の母親であろうか。

源九郎たちが座敷に腰を落ち着けていっときすると、色白の娘が茶を持って入ってきた。牧村の妹らしい。まだ、顔に子供らしさが残っていたが、なかなかの美人である。ただ、顔に牧村と同じ暗い翳が張り付いていた。父親を殺された悲劇が兄妹に重くのしかかっているようである。

その娘が座敷から去ると、

「華町どのと菅井どのに、お願いがございます」

牧村が思いつめたような顔をして言った。

「なにかな」

「わたしは、父の敵《かたき》が討ちたいのです」

牧村の声に、強いひびきがくわわった。

「敵討ちとな」

「はい、何者が敵なのか分かりませんが、このままでは父は浮かばれません」

「うむ……」

牧村の気持ちが分からないではない。得体の知れない刺客に父が斬殺されたとなれば、敵を討ちたいと思って当然であろう。

「華町どの、牧村どのの願いをかなえてやってはいただけませんか」

脇から荒船が言った。いつになく、真剣な面持ちである。荒船にも、牧村の胸の内がつたわったのだろう。

「華町、牧村どのに手を貸してやろうではないか。おれたちは刺客を討つ気でいるのだ。……敵討ちの助太刀も同じことだぞ」

菅井がもっともらしい顔をして言った。

「分かった。助勢いたそう」

そうは言ったが、敵討ちとなると容易ではない。それに、敵の名も居所も分か

っていないのだ。相
「ところで、牧村惣次郎どのは生前刺客について何か言っていなかったかな。相手が知れねば、どうにもならんからな」

源九郎が訊いた。

「一度、父は刺客らしい男に襲われ、肩先を斬られたことがありました」

「ほう……」

どうやら、牧村惣次郎は斬殺される前に刺客と顔を合わせていたようだ。

「おそろしい遣い手だ、と言っておりました」

「そのときの相手はひとりか」

源九郎の頭には、大川端で駕籠を襲った三人の武士のことがあったのである。

「はい」

「……」

源九郎は、三人のうちのひとりではないかと思った。

「父は、その男が霞颪《かすみおろし》なる技を遣ったと口にしていました」

「霞颪とな」

聞いたことのない技だった。源九郎は左手に座している菅井に目をやった。

菅井は首を横に振った。菅井も知らないらしい。

「そなたの父親は、霞颪のことで何か言っていなかったかな」

源九郎は気になった。特異な技のような気がしたが、駕籠を襲った三人が特異な技を遣ったのを見ていなかった。ただ、源九郎と対峙した巨軀の男が、奇妙な八相に構えたが、あれが霞颪の構えであったのか。まだ、何とも言えなかった。

「何も言っていませんでした。ただ……」

牧村が言葉を呑んだ。

「ただ、何だ」

「父は、眉間を割られて死んでいました。霞颪で斬られたのではないかと……」

「なに、眉間を！」

そうかもしれない、と源九郎は思った。となると、霞颪は、眉間を斬る技なのかもしれない。

「それがしも見ました。牧村さまは、眉間を割られていました」

荒船によると、牧村惣次郎の死体は神田川沿いの土手の叢《くさむら》のなかで発見されたそうだ。荒船も話を聞いて駆け付け、死体を見たという。

「刺客は、三人のなかにいるような気がするが……」

源九郎はつぶやくような声で言った。確信がなかったのである。

菅井は腕組みをしたまま黙り込んでいた。双眸が切っ先のようなひかりを宿している。

第二章　必殺剣

一

「旦那！　華町の旦那」

戸口で声がした。茂次らしい。何かあったのか、ひどく慌てている。

障子に目をやると、腰高障子が黄金色《こがねいろ》にかがやいていた。だいぶ陽が高い。五ツ半（午前九時）にはなっていようか。昨夜、寝るのが遅かったせいで目が覚めなかったようだ。

「旦那、昨夜《ゆうべ》のままですかい」

茂次が呆《あき》れたような顔をして言った。

昨夜、源九郎は茂次たちと遅くまで飲み、着替えるのが面倒なので小袖に袴姿のまま横になって寝てしまったのだ。

「茂次、何かあったのか」

源九郎は身を起こして訊《き》いた。

「大川端で人が殺されてるそうですぜ」

茂次が勢い込んで言った。

「そんなことで、起こしに来たのか。町方でもあるまいし、人殺しがあったとて、わしと何のかかわりもあるまい」

源九郎が憮然《ぶぜん》とした顔で言った。

「それが、あっしや旦那とかかわりがありそうなんで」

「どういうことだ?」

「荒船の旦那が、駆け付けてるようでさァ。それに、菅井の旦那やとっつァんも、先に行きやしたぜ」

とっつァん、というのは孫六のことである。

「だれが殺されたのだ」

源九郎が訊いた。荒船とかかわりのある者が殺されたのかもしれない。

「荒木屋《あらきや》の番頭らしいんで」

「廻船問屋の荒木屋か」

源九郎は深川佐賀町《さがちょう》に荒木屋という廻船問屋があることを知っていた。ただ、店の前を通ったことがある程度で、あるじの名さえ知らなかった。

「そうでさァ」

「荒木屋がわしらとどうかかわりがあるのだ」

「あっしには、分からねえ。でも、荒船の旦那が駆け付けてるとなりゃァ、何かあるはずですぜ」

「うむ……」

たしかにそうだ。商家の番頭が殺されたのなら、事件は町方の管轄である。御家人にかかわっている御小人《おこびと》目付が駆け付けることはないはずだ。

「殺されているのは、どこだ？」

「佐賀町の大川端でさァ」

茂次によると、荒木屋から数町離れた場所だという。

「行ってみるか」

源九郎は腰を上げると、流し場で顔を洗った。そして、急《せ》かせる茂次につづいて戸口を出た。

竪川《たてかわ》沿いに出たところで、茂次に番頭殺しのことをどうして知ったのか訊くと、長屋に顔を出したぼてふりから聞いたという。以前、荒船ははぐれ長屋に何度も顔を出したことがあったので、ぼてふりも荒船の名を知っていたようだ。

源九郎と茂次は、竪川にかかる一ツ目橋を渡って大川端へ出た。陽気がいいせいか、川沿いの道はけっこう人通りがあった。初夏の陽射しのなかを、ぼてふり、行商人、町娘、子供連れの女房などが行き交っている。

佐賀町に入り、前方に永代橋が迫ってきたところで、

「旦那、あそこですぜ」

と言って、茂次が指差した。

見ると、大川の岸近くの叢《くさむら》のなかに人だかりができていた。通りすがりの野次馬が多いようだが、岡っ引きらしい男や武士の姿もあった。孫六と菅井もいるようである。

……荒船どのと亀田どのだ。

源九郎は、人垣のなかほどにふたりの姿があるのを目にした。ふたりの顔がこわばっているように見えた。死体を見ているのかもしれない。

「どいてくんな」

茂次が声を上げて野次馬たちを押し退《の》けた。そして、人垣の隙間から、源九郎と茂次は菅井たちのいるそばに近付いた。

「おお、華町か」

菅井が源九郎に気付いて声を上げた。孫六も源九郎たちに顔をむけている。

「殺されたのは、荒木屋の番頭だそうだな」

源九郎が訊いた。

「そうだ。……見てみろ。額を割られているぞ」

菅井がけわしい顔で指差した。

荒船と亀田が立っているそばに、男がひとり横たわっていた。そこは、土手のゆるやかな傾斜地だった。雑草におおわれているため、顔も見えなかった。ただ、黒羽織姿の男が仰臥《ぎようが》していることは分かった。

「額をな……」

そのとき、源九郎の脳裏に牧村が口にした霞颪《かすみおろし》のことがよぎった。番頭は霞颪を遣う下手人の手にかかったのではあるまいか。

源九郎は荒船たちのそばに歩を寄せた。

「華町どの、見てくれ」

亀田が言った。顔がこわばり、悲痛の色があった。

源九郎は亀田の足元に目をやった。

「こ、これは……」

思わず、源九郎の口から声が洩《も》れた。

なんとも、凄惨《せいさん》な死体だった。額が深く割れ、顔が赭黒《あかぐろ》い血と脳漿《のうしょう》に染まっていた。柘榴《ざくろ》のように割れた傷口から頭骨が覗いている。

顔は血まみれだったが、見開いた両眼が白く浮き出したように見えていた。五十がらみであろうか。恰幅《かっぷく》のいい男である。細縞の小袖の裾がめくれて、両足が脛《すね》のあたりからあらわになっていた。

……剛剣だ！

と、源九郎は思った。

下手人は番頭の正面から斬り下ろし、頭蓋を砕くほど深く斬り込んだのだ。剛剣の主である。

「荒木屋の番頭の繁蔵《しげぞう》です」

荒船が小声で言った。

「うむ……」

源九郎は繁蔵のことは知らなかった。

そのとき、人垣でざわめきが起こった。見ると、八丁堀同心が数人の手先を連れてこちらに歩いてくる。黄八丈の小袖を着流し、黒羽織の裾を帯に挟む巻羽織と呼ばれる八丁堀ふうの格好をしているので、すぐにそれと知れるのだ。

南町奉行所、定廻り同心の村上彦四郎《むらかみひこしろう》だった。源九郎は村上を知っていた。これまで、源九郎がかかわった事件で村上と顔を合わせていたのである。

「町方が来ました」

荒船がそう言って、亀田とともに身を引いた。この場は、町方同心にまかせる気らしい。もっとも、町人地であり、しかも殺された男が町人なので幕府の目付筋の者が出る幕はなかったのである。

源九郎も村上にちいさく頭を下げただけで、人垣のなかにもどった。村上は何も言わず、すぐに横たわっている死体のそばに歩を寄せた。

二

「ふたりは、なぜ、ここに」

源九郎は、人垣から離れた木陰で荒船と亀田に訊いた。ふたりがここにいることが、腑に落ちなかったのである。

源九郎のそばには、菅井、孫六、茂次の姿もあった。三人も荒船たちに顔をむけ、聞き耳を立てていた。源九郎と同じように、なぜ荒船たちがここにいるのか気になったのだろう。

「じ、実は……」

荒船が声をつまらせた。困惑したような顔をしている。

「それがしから、話そう」

亀田が源九郎の前に出た。

「われらは、ここ数日、荒木屋から事情を訊いていたのだ」

亀田によると、牧村は殺される前、荒木屋に何度か足を運び、あるじの仁左衛《にざえ》門《もん》と繁蔵に会っていたらしいという。そのことが、牧村殺しにつながったのかもしれないとみて、亀田たちも仁左衛門たちから話を訊いたそうだ。

「それで？」

源九郎は先をうながした。

「牧村どのは、荒木屋と越野屋《こしのや》のかかわりを訊いたようだ」

「越野屋というと、小網町《こあみちょう》にある廻船問屋か」

源九郎は越野屋を知っていた。ちかごろ、商いを急速にひろげ、江戸でも有数の廻船問屋になったのではないかと噂されていた。

「なぜ、幕府の目付筋が、荒木屋と越野屋のことなど調べたのかな」

源九郎は腑に落ちなかった。両店に何か不正があったとしても、町方ならともかく幕府の御目付が探る必要はないのである。

「はっきりしたことは分からないが、牧村どのは幕府の重臣とのかかわりで、荒木屋と越野屋を調べたらしい」

「幕府の重臣とは？」

源九郎は、当初倉林と亀田から話を聞いたときから、幕府の重臣が何者なのか気になっていたのだ。

「まだ、はっきりしないので、それがしからは言いづらいが……」

亀田はしぶった。

「だが、重臣がだれか分からなければ、刺客をつきとめるのはむずかしいぞ」

源九郎は、柏崎の命を狙い、牧村惣次郎を斬殺した刺客たちの背後にはその重臣がいるのではないかと踏んだのだ。

「いいだろう。華町どのたちには、話しておこう。……実は、御書院御番頭秋月《あきづき》盛安《もりやす》さまなのだ」

「御書院御番頭……」

源九郎は驚いた。思いもしなかった大物である。

御書院御番頭の役高は四千石である。町奉行ですら三千石なのだから、その役高からみても御書院御番頭がいかに重職か知れよう。

役柄は御小姓組などと同じように将軍の身辺を守るのが主だが、ときには将軍の使命を奉じて遠国へ出向いたりもする。

ただ、源九郎は秋月の名を知らなかった。おそらく、秋月は源九郎が隠居してから御書院御番頭の要職に就いたのであろう。

「荒木屋や越野屋は、秋月と何かかかわっているのか」

源九郎には、どういう結びつきなのか想像もつかなかった。御書院御番頭と廻船問屋とのかかわりはないはずである。

「くわしいことは、何も分かっていないのだが、越野屋から秋月さまに多額の賄賂《まいない》が渡っていた疑いがあるとか……」

亀田が語尾を濁した。はっきりしないのだろう。

「うむ……」

源九郎は越野屋と秋月の結びつきが想像できなかったが、幕府の重臣と富商の間の深い闇を覗き見たような気がした。真の敵は刺客ではなく、その背後にいる秋月なのかもしれない。

……百両ではあわんぞ。

源九郎は胸の内でつぶやいた。敵は思わぬ大物のようである。ただ、金をもらって仲間内に配ってしまっては、後もどりはできない。

「柏崎さまは、牧村どのにひそかに秋月さまの身辺を探るよう命じられたのだ」

亀田が言い添えた。

「その牧村どのが、刺客に襲われて斬り殺された。……すると、裏で秋月さまが動いているとみて当然ではないかな」

源九郎が言った。

「それがしもそう睨んではいるが、秋月さまの身辺から、まだ何も出てこないのだ。それに、御書院御番頭の重職にある秋月さまが、みずから刺客を放つとも思えんのだ」

亀田が首をひねった。

「いずれにしろ、もうすこし探らねばならんな」

源九郎は、秋月の不正はともかく刺客の隠れ家を見つけ出すことが先だと思った。いつ、柏崎が狙われるか分からないし、下手をすれば亀田や荒船も牧村の二の舞いになるかもしれないのだ。

「それがしたちも、秋月さまの身辺を探るつもりだ」

亀田が小声で言った。顔がけわしかった。当然であろう。亀田や荒船にとって、秋月は雲の上のような存在である。

「用心した方がいいな。そこもとたちの命を狙ってくるかもしれんぞ」

下手に動きまわると、牧村の二の舞いになるかもしれない。

「承知している」

亀田が小声で言った。

それから小半刻（三十分）ほどして、源九郎たちはその場を離れた。

はぐれ長屋に帰りながら、源九郎が、

「柏崎さまのことで何か知れたか」

と、茂次に訊いた。

茂次と三太郎は、柏崎のことを探っていたのである。探っていたといっても、評判を聞く程度のことである。

「本郷にあるお屋敷の周辺で、話を聞いたんですがね。なかなかの評判でしたぜ」

茂次によると、柏崎の屋敷は本郷にあり、界隈《かいわい》の武家屋敷に奉公する中間《ちゅうげん》や屋敷に出入りする植木屋などから話を聞いたという。

柏崎は実直な性格で御目付の仕事に精励し、悪い噂はないそうだ。

「他家との確執や恨みを買うような出来事を耳にしなかったか」

命を狙われたのは、柏崎に対する私怨と考えられないこともないのだ。

「そんな話は、まったくありませんや」

茂次がはっきりと言った。

「となると、命を狙われたのは秋月がらみとみていいわけだな。……三人の刺客も秋月とかかわりがあるはずだ」

源九郎は、これ以上柏崎を探る必要はないと思った。

「茂次、三太郎にも話して、柏崎さまから手を引いてくれ。探るまでもないだろう」

「それで、あっしらは何をやりやす？」

茂次が源九郎に目をむけながら訊いた。

「荒木屋と越野屋だな」

源九郎は両店を探れば、何か出てくるだろうと思った。

「番頭殺しですかい」

茂次が声を大きくした。

「まァ、そうだ。孫六も、手を貸してやってくれ」

そう言って、源九郎は孫六に目をむけた。

「ヘッへへ……。分かってやすよ。いよいよ、あっしの出番でさァ」

孫六が、目をひからせて言った。腕利きの元岡っ引きらしいひきしまった顔をしている。

三

「じじ、じじ……」

富助《とみすけ》が、孫六の顔の前に手を伸ばして声を上げた。

「富、じじ、じじって、おれは蟬《せみ》じゃァねえぞ」

孫六は富助を抱きながら嬉しそうに目を細めた。

富助は孫六の初孫だった。やっと、米粒ほどの歯が生えてきたばかりの赤子で、孫六は目のなかに入れても痛くないほど可愛がっていた。

「まだ、無理ですよ。そのうち、ちゃんと呼べるようになるから」

母親のおみよが、濡れた手を前だれで拭きながらそばにきた。長屋の流し場で洗い物をしていたのだが、終えたらしい。亭主の又八《またはち》は、ぼてふりで朝から仕事に出かけ、長屋にはいなかった。

「おみよ、富助だが、だいぶ重くなったな。後三年もすれば、おれよりでかくなるかもしれねえぞ」

孫六は富助をおみよの手に渡しながら言った。

「なに言ってるのよ。そんなに大きくなったら、化け物じゃない」

おみよが笑いながら言った。

「ちげえねえ。……おみよ、行ってくるぜ」

そう言い置いて、長屋の戸口から出ようとすると、

「おとっつァん、酒はほどほどにしてくださいよ」

と、背後からおみよのきつい声が飛んだ。

「分かってるよ」

孫六はそう応えて、後ろ手にピシャリと腰高障子をしめた。

おみよは、孫六が亀楽で源九郎たちと飲んで泥酔し、這《は》うようにして帰ったのを根にもっているのだ。

……何言ってやがる。酒が飲めねえくれえなら、死んだ方がましだよ。

孫六は胸の内で悪態をついたが、おみよを嫌ってはいなかった。

おみよが、父親である孫六の体を気遣って言っていることが分かっていたからである。それに、おみよの言葉がちかごろ強くなったのは、富助を産んだせいだろうと思っていた。おみよは孫六の娘だったが、富助の母親にもなったのだ。女は子を産むと強くなるのである。

孫六は竪川沿いの通りへ出た。これから、深川佐賀町に行くつもりだった。荒木屋を探るのである。

番頭の繁蔵が殺された現場から、数町歩いた大川端に荒木屋はあった。廻船問屋らしい土蔵造りの堅牢な店舗と土蔵、それに船荷をしまっておくらしい倉庫が二棟あった。

店舗ちかくの大川には専用の桟橋もあり、猪牙舟《ちょきぶね》が数艘舫《もや》ってあった。

……さて、どうするか。

孫六は店に乗り込み、十手を出して話を訊くわけにはいかないと思った。念のためむかし遣った十手をふところに忍ばせてきたが、奉公人のなかには孫六のことを知っている者がいるかもしれない。

孫六は、荒木屋の前まできた。歩きながら店先を覗くと、印半纏《しるしばんてん》を羽織った奉公人らしい男と船頭が、叺《かます》を土間の隅に積んでいた。運ばれてきた船荷らしい。

店の前を通り過ぎて、大川の方へ目をやると、すぐ前に桟橋が見えた。船頭がひとり、猪牙舟の船梁《ふなばり》に腰をかけて莨《たばこ》をくゆらせていた。丸顔で目の細い、人のよさそうな男だった。

……あいつに訊いてみるか。

と思い、孫六は桟橋につづく短い石段を下りた。

「ちょいと、すまねえ」

孫六は男に声をかけた。

「爺《じい》さん、何か用かい」

男は煙管《きせる》を手にしたまま体を孫六にむけた。煙管の先から立ち上ぼった紫煙が川風に飛ばされ、大気のなかに消えていく。

「訊きてえことがあってな」

孫六は、ふところから十手を出して男に見せた。

「こりゃァ、おみそれしやした。親分さんでしたかい」

男は慌てた様子で雁首を船縁でたたき、煙管を脇に置いた。

「おめえ、荒木屋の船頭かい」

「へい」

「番頭の繁蔵が殺されたのは、知ってるな」

孫六が念を押すように訊いた、荒木屋の奉公人なら、知らないはずはないのだ。

「とんだことで……」

男の顔に悲痛の表情が浮いた。

「その調べでな」

孫六は男に身を寄せ、もっともらしい顔をして言った。長く岡っ引きをしていただけあって、物言いは岡っ引きそのものである。

「へえ……」

「おめえ、下手人の心当たりはねえのか」

孫六は念のために訊いてみた。

「あっしには分からねえ」

男は、眉宇《びう》を寄せて首を横に振った。

「番頭だが、だれかに恨まれたようなことはねえのかい」

「そんな話は聞いたこともねえ」

「女はどうだい」

「浮いた話もねえ」

「てえことは、店だな。荒木屋だが、何か揉《も》め事に巻き込まれていたようなことはねえのかい」

孫六は、端《はな》から繁蔵自身のことで殺されたのではないだろうとみていた。源九郎が繁蔵の刀傷を見て、下手人は御徒目付の牧村惣次郎を斬った男ではないかと言っていたからである。繁蔵は、牧村たちのかかわった事件に巻き込まれ、刺客の手で殺されたとみているのだ。

「そういやァ……」

男が虚空に目をとめてつぶやいた。何か思い出したような顔である。

「何か、聞いてるのかい」

「へい、あるじの仁左衛門さんだが、深編み笠で顔を隠したうろんな侍に跡を尾《つ》けられ、店に逃げ帰ったことがあると聞いてやすぜ」

男によると、ちょうど供連れの武士が通りかかったので、仁左衛門は侍に襲われずにすんだらしいという。

「あるじがな」

どうやら、仁左衛門も命を狙われているようである。

「ところで、小網町にある越野屋を知ってるな」

孫六は荒木屋と越野屋のかかわりを訊いてみようと思った。

「へい」

「越野屋のことで、何か聞いてねえか」

「くわしいことは知らねえが、うちの店の者はみんな、越野屋のやり方は汚ねえって言ってやすぜ」

男が苦々しい顔をして言った。

「何が汚ねえんだい」

「うちのお得意さまに、ありもしねえことを言い触らしたり、裏で金を握らせたりして商いを横取りしてるそうでさァ」

男が昂《たかぶ》った声で言った。顔が怒りで赭黒く染まっている。

「越野屋は、あくどい店のようだな」

越野屋は荒木屋の商売敵である。多少の揉め事があっても不思議はないが、越野屋のやり方はすこし度が過ぎているようだ。

それから、孫六はうろんな侍のことも訊いてみたが、男は何も知らないらしく、首を横に振っただけだった。

四

源九郎は丼《どんぶり》を手にして座敷に上がった。丼のなかには、ひじきと油揚の煮染が入っている。源九郎の家の斜向《はす》かいに住むお熊《くま》が、すこしよぶんに買ったから、と言って、とどけてくれたのだ。

お熊は、四十過ぎで樽のように太っていた。助造《すけぞう》という日傭取《ひようと》りの女房で、子供がないせいもあって、独り暮らしの源九郎に何かと気を使って、残り物のめしや惣菜などをとどけてくれるのだ。

「お熊がな、持ってきてくれたのだが、酒の肴《さかな》にちょうどいいだろう」

源九郎は、座敷に集まっていた男たちの膝先に丼を置いた。

源九郎、菅井、孫六、茂次、三太郎の五人が、源九郎の部屋に集まっていたのだ。車座になった五人の前には、湯飲みと貧乏徳利が置いてあった。酒を飲みながら、これまで探索して分かったことを知らせ合おうというのである。

「いい味だぞ」

さっそく、菅井が丼の煮染を指先でつまんで口に入れた。すぐに、孫六たちも丼に手を伸ばした。

「さて、孫六から話してもらおうか」

源九郎が、孫六に目をむけて切り出した。孫六が、荒木屋で何か聞き込んできたらしいのだ。

「荒木屋は番頭だけじゃァすまねえようでさァ。あるじの仁左衛門も、命を狙われてるらしいですぜ」

孫六が目をひからせながら、船頭から聞き込んだことを話した。

「仁左衛門の跡を尾けたのは、武士か」

菅井が訊いた。

「そのようで。……あっしは、そいつが番頭の繁蔵も殺《や》ったと睨んでるんですがね」

「そうかもしれん」

源九郎は、牧村を斬殺し柏崎の命を狙っている刺客一味が、仁左衛門の命も狙ったのではないかとみた。

次に口をひらく者がなく、座はいっとき沈黙につつまれたが、

「孫六、荒木屋と越野屋のかかわりで、何か出てきたか」

と、源九郎が声をあらためて訊いた。

「荒木屋と越野屋は、いがみあってるようでさァ。商売敵とはいえ、荒木屋の奉公人たちは越野屋を憎んでるようでしたぜ」

孫六は、船頭から話を訊いた後、荒木屋で下働きをしている男からも話を聞いていたのだ。

孫六が言い終えると、茂次が、

「越野屋ですがね、評判はよくねえ」

と、湯飲みを手にしたまま言った。

茂次によると、三太郎とふたりで越野屋のある小網町をまわって聞き込んだという。

越野屋は十五年ほど前まで、奉公人が十人ほどのこぢんまりとした船問屋だったそうである。ところが、あるじの甚五郎《じんごろう》が強引なやり方で商いをひろげ、いま

では日本橋でも屈指の廻船問屋にのし上がったという。

「やり方があくどいらしくてね、商いのためなら何でもやるって噂ですぜ。越野屋に得意先をとられて、潰された船問屋が何軒もあるそうでさァ」

茂次が顔をしかめて言うと、脇にいた三太郎が、

「大名の蔵元もやってるそうですよ」

と、小声で言い添えた。

「此度《こたび》の件に、越野屋もかかわっているようだな」

源九郎がつぶやくような声で言った。

「あっしも、そうみてやす」

と、孫六。

「ところで、菅井、霞颪のことで何か知れたか」

源九郎が菅井に目をむけて訊いた。

菅井は、知り合いに霞颪のことを訊いてみる、と言って、市中の剣術道場をまわっていたのだ
「だめだ、何も出てこん」

菅井が渋い顔をして言った。

「名だけでも、知りたいな」

源九郎は、何とか霞颪を遣う者を探し出さねばならないと思っていた。できれば、牧村慶之助に父の敵を討たせてやりたかったのだ。

いっとき、五人は湯飲みの酒をかたむけていたが、

「華町の旦那、仁左衛門が何か知ってるような気がしやすぜ」

孫六が言った。

「わしも、そう思う」

仁左衛門が霞颪を遣う男を知っているかどうかは別として、事件の背景は承知しているのではないかという気がしたのだ。

……ちかいうちに、仁左衛門にあたってみるか。

源九郎は胸の内でつぶやいた。

それから、五人は一刻（二時間）ほど飲んだ。そろそろ暮れ六ツ（午後六時）であろうか。部屋の隅に夕闇が忍びよっている。

「……あっしは、帰《けえ》りやす」

孫六が熟柿《じゅくし》のような顔をして腰を上げた。

「どうした、孫六、体の具合でも悪いのか。酒に目のないおまえが、先に腰を上

げるとはな」

菅井が訊いた。

「なに、ちょいと、富の顔を見たくなったんでさァ」

孫六は照れたような顔をして言ったが、内心はちがっていた。また、へべれけになるまで飲んだら、おみよが癇癪《かんしゃく》を起こすだろうと思ったからである。

「あっしも、帰《けえ》りやす。……お梅がめしの支度をして待ってやすから」

孫六につづいて茂次が立ち上がると、三太郎も、

「おれも帰ります」

そう言って、立ち上がった。

残された源九郎と菅井はお互いの顔を見合い、渋い表情を浮かべたが、

「おい、菅井、将棋でもやるか。……夜は長いぞ」

源九郎がそう言うと、とたんに菅井はニンマリし、

「そうしよう。すぐ、持ってくる」

と言い残し、そそくさと戸口から出ていった。

五

「旦那方、あれが荒木屋でさァ」

孫六が大川端を歩きながら前方を指差した。

荒木屋である。源九郎は荒木屋を知っていたが、あらためて見ると、廻船問屋の大店《おおだな》らしい堅牢な土蔵造りの店舗だった。土蔵や倉庫もある。

この日、源九郎は荒船と孫六を同行して深川佐賀町に来ていた。荒木屋の仁左衛門から話を聞くためである。荒船を連れて来たのは、源九郎と孫六だけでは仁左衛門が会ってくれないのではと思ったからだ。

荒木屋の店先まで来ると、孫六は、

「あっしは船頭にでも話を訊いてみまさァ」

と言って、源九郎たちと別れて桟橋の方へ足をむけた。ここは、源九郎と荒船にまかせようと思ったのだろう。

店先の暖簾《のれん》をくぐると、ひろい土間になっていて、その先に板敷の間があった。そこが帳場になっているらしく、帳場机で番頭らしい年配の男が算盤《そろばん》をはじいていた。板敷の間の隅には手代らしい男がいて、船頭らしいふたりの男となにやら話していた。船荷のことで打ち合わせでもしているのであろうか。

番頭らしい男が、土間に立った源九郎と荒船の姿を見て、慌てた様子で腰を上げた。

「これは、これは、お武家さま」

番頭らしい男が、揉み手をしながら近寄ってきた。五十がらみであろうか。痩せて、鼻梁の高い男である。

「番頭か」

荒船が訊いた。

「はい、番頭の益造《ますぞう》でございます」

益造は笑みを浮かべて言ったが、源九郎たちにむけられた目は笑っていなかった。警戒するような色がある。

「それがし、亀田源十郎どのの手の者で、荒船幾三郎ともうす」

荒船が名乗った。すでに、亀田は荒木屋に来て事情を訊いているのだろう。それで、亀田の名を出したようだ。

「亀田さまなら、存じております」

益造はあらためて頭を下げてから、どのようなご用でしょうか、と小声で訊いた。

「あるじの仁左衛門はいるのか。訊きたいことがあってな」

荒船が言った。

「少々、お待ちを」

そう言い残し、益造は慌てて奥へむかった。

待つまでもなく、益造はすぐにもどってきた。顔に笑みが浮いている。

「お上がりになってくださいまし。すぐに、ご案内するようあるじに叱られました」

益造は腰をかがめ、揉み手をしながら言った。

益造が源九郎と荒船を連れていったのは、帳場の奥の座敷だった。上客と商談のための座敷であろうか。座布団が出してあり、莨盆まで用意してあった。

源九郎と荒船が座布団に腰を下ろし、いっときすると廊下を歩く足音がし、障子があいた。顔を出したのは、五十代半ばと思われる痩身の男だった。鬢《びん》や髷《まげ》に白髪が混じっている。鼻が高く、頬骨が突き出ていた。

「あるじの仁左衛門でございます」

やわらかな物言いだったが、顔には不安そうな表情があった。

「荒船幾三郎ともうす」

あらためて、荒船が名乗った。

「わしは、牢人の華町源九郎だ」

源九郎が名乗ると、仁左衛門が源九郎に目をむけ、

「あなたさまが、華町さまでございますか。……お噂は、聞いております」

と、言って表情をやわらげた。

どうやら、源九郎のことを知っているようだ。もっとも、噂だけであろう。

「ゆえあって、荒船どのの手伝いをすることになってな。牢人の身ながら、同道したわけだ」

源九郎が言った。

「華町さまに話を聞いていただけるのは、願ってもないことです」

仁左衛門の顔に、ほっとしたような表情が浮いた。どんな噂を聞いたのか、源九郎のことを買いかぶっているようだ。

そんなやり取りをしているところに、女中が茶道具を持って入ってきた。そして、源九郎たちの膝先に湯気の立つ湯飲みを置くと、座敷から出ていった。

荒船が茶をすすった後、

「町方も調べに来たと思うが、それがしたちも訊きたいことがあってな」

と、切り出した。

「番頭の件でございましょうか」

「そうだ。……下手人に心当たりはあるかな」

荒船が訊いた。

「たしかなことは言えませんが、てまえもうろんな侍に跡を尾けられたことがございます。番頭も、その侍の手にかかったのではないかと……」

仁左衛門が語尾を濁した。推測に過ぎないからだろう。

「大川端だそうだな」

源九郎が訊いた。

「はい、海辺大工町から店に帰る途中でした」

「海辺大工町な」

そのとき、源九郎の脳裏に柏崎を助けたときのことがよぎった。

「吉浜の帰りではないのか」

源九郎が訊いた。

「よく、ご存じで」

仁左衛門が驚いたような顔をした。

「吉浜で、御目付の柏崎さまに会ったのではないのか」

「そうです」

仁左衛門はさらに驚いたように目を剝いた。

「実は、わしと菅井ともうす者が、ちょうど大川端を通りかかってな。柏崎さまが三人の武士に襲われたのを見て、加勢したのだ」

源九郎がそのときの様子をかいつまんで話した。

「さすが、華町さまでございます」

仁左衛門が感心したような顔をした。

「それで、おまえを尾けたという武士はどんな男だ」

源九郎が仁左衛門に訊いた。

刺客一味は二手に分かれ、吉浜を出る柏崎一行と仁左衛門を斬殺するために跡を尾けたのではあるまいか。とすれば、刺客は四人ということになる。柏崎たちを襲った三人にくわえ、仁左衛門の跡を尾けた武士がもうひとりいるのである。

「深編み笠をかぶっていて、顔は見えませんでした。大柄で、肩幅のひろい男でした」

牢人ふうではなく、羽織袴姿で二刀を帯びていたという。

「やはり、別人のようだ」

柏崎の駕籠《かご》を襲った三人のなかに、深編み笠をかぶった男はいなかった。源九郎は、その男も刺客一味だろうと思った。

六

「ところで、柏崎さまとは、どういう用件で会ったのだ」

源九郎があらためて訊いた。

いかに、廻船問屋の大店のあるじとはいえ、相手は幕府の御目付である。何か特別な用件があってのことだろう。

「柏崎さまから、訊きたいことがあるので吉浜に来るようにとのお話がございました。御目付さまですから、店で会うのは都合が悪かったのでございましょう」

仁左衛門が言った。

「それで、何を訊かれたのだ」

「じ、実は、越野屋さんとのことでございます」

仁左衛門が言葉をつまらせ、苦悶《くもん》の表情を浮かべた。

「どういうことかな？」

源九郎は、驚かなかった。端《はな》から越野屋にかかわることだろうと予想していたのだ。

「さるお大名の蔵元の件でございます」

仁左衛門が小声で言うと、

「柿崎藩《かきざきはん》か」

と、荒船が口をはさんだ。

「は、はい」

仁左衛門がうなずいた。

源九郎は柿崎藩のことを知っていた。もっとも、越後国《えちごのくに》の八万五千石の大名であることだけで、藩主の名も藩邸がどこにあるかも知らなかった。

「越野屋が、柿崎藩から手を引くように言ってきたのではないのか」

荒船がさらに訊いた。どうやら、荒船は柿崎藩に対する越野屋と荒木屋のかかわりを知っているようだ。

「……さようでございます」

仁左衛門が顔をゆがめて言った。

「やはりそうか」

荒船が小声で言った。

「経緯はこうなのです」

そう前置きして、仁左衛門が柿崎藩に対する越野屋と荒木屋のかかわりを話し始めた。

荒木屋は柿崎藩の蔵元を長年つづけているという。柿崎藩は年貢米にくわえて百姓から買い上げた米を江戸に廻漕し、専売米として売りさばいているそうだ。その専売米の廻漕から米問屋への運搬まで、荒木屋が一手に引き受けていた。

ところが、二年ほど前に越野屋が柿崎藩の蔵元を引き受けたいので、荒木屋に手を引けと言ってきた。越野屋はすでに小藩の蔵元を引き受けていたが、専売米を多量に江戸に運んでいる柿崎藩に目をつけ、蔵元になろうとしたらしいという。

「むろん、手前どもは断りました。……すると、町方に咎《とが》められないよう、越野屋とかかわりないならず者や徒牢人《いたずらろうにん》などを使って、脅しや嫌がらせをするようになったのです」

「それで?」

源九郎は先をうながした。

「そのようなおり、柿崎藩の御用人の小松利兵衛《こまつりへえ》さまが店においでになり、今後、柿崎藩から手を引くようにとおおせられたのです。……てまえは、わけを訊きました。これといった落ち度も思い当たりませんでしたし、藩米の廻漕や販売も順調でしたので、柿崎藩の一方的な言い分の理由が分からなかったのです。……すると、御用人さまが、幕閣から話があったらしいと洩らされました」

仁左衛門がくやしそうな顔をして言った。

そのとき、荒船が仁左衛門に代わって、

「その公儀からの働きかけの主が、秋月さまではないか、と柏崎さまはみられたのです。それというのも、越野屋から秋月さまの許へ多額の賄賂が渡っているらしいとの噂があったからです」

と、言い添えた。

「それで、柿崎藩との話はどうなったのだ」

源九郎が、仁左衛門に訊いた。

「柿崎藩には、多額の貸し付け金がございますし、はい、そうですかと言うわけにはまいりません。それに、御用人さまのお話は正式なものではございませんので、何とか蔵元をつづけさせてもらっております。そのようなおり、牧村さまが店に見えられ、越野屋との経緯を訊いていかれました。その牧村さまが、何者かに殺されたのでございます」

仁左衛門が苦悶の表情を浮かべて言った。

「それで、柏崎さまは、仁左衛門どのから話を訊くために吉浜に呼んだのだな」

と、源九郎が訊いた。

「さようでございます」

殺された牧村たちは、柏崎の命で越野屋や荒木屋を内偵したのであろう。

「番頭の繁蔵も何かかかわっていたのか」

源九郎が訊いた。

「越野屋からの談判に応じたり、店への嫌がらせなどに対応してきたのは番頭の繁蔵でした」

仁左衛門の声が震えた。胸に悲憤が衝《つ》き上げてきたのかもしれない。

「それで、番頭が殺されたのだな」

刺客一味の背後に越野屋か秋月がいるのはまちがいないようだ、と源九郎は思った。

源九郎と荒船は、秋月から荒木屋にも何か働きかけがあったのか訊いてみたが、そのようなことはいっさいないとのことだった。

……秋月が表に出るようなことはあるまい。

と、源九郎は思った。

それから、小半刻（三十分）ほど話して、源九郎たちが腰を上げようとすると、仁左衛門が慌てた様子で、

「お待ちください」

と言って、立ち上がった。

そして、源九郎たちを残して部屋から出たが、いっときするともどってきた。

「華町さまに、お願いがございます」

仁左衛門が思いつめたような顔をして言った。

「なにかな？」

「華町さまのお噂は耳にしております。それに、柏崎さまもお助けしたとのこと。……てまえどもにも、お力を貸していただけないでしょうか」

「どういうことかな」

「番頭が殺されたことで、越野屋との揉め事が済んだとは思えません。……てま

えは、まだ命を狙われているとみています」

「うむ……」

そのとおりだった。刺客一味は、これからも秋月の不正を探っている目付筋や仁左衛門の命を狙ってくるだろう。

「相応のお礼はいたします。どうか、てまえや店の者をお守りください」

仁左衛門は両手を畳につき、源九郎を見つめて言った。必死の面持ちである。

「……守れと、言われてもな」

用心棒ということらしいが、仁左衛門に張り付いているわけにはいかない、と源九郎は思った。

「これは、手付金でございます」

仁左衛門がふところから袱紗《ふくさ》包みを取り出した。部屋から出て行ったのは、手付金を用意するためだったらしい。

……百両はあるな。

源九郎は、袱紗包みのふくらみ具合から見て取った。しかも、手付金というのだ。さらに、礼金を出すつもりなのだろう。

源九郎は、手を伸ばして袱紗包みをつかみたかったが、グッとおさえて、

「に、仁左衛門どの、当方にも都合があってな。……そうだ、あらためて出直そう。そのとき、話を聞かせてもらおう」

源九郎は、慌てて立ち上がった。荒船の目の前で、金をもらうわけにはいかなかったのである。

七

荒木屋を出ると、陽は沈みかけていた。夕焼けが、西の空にひろがっている。大川の対岸にひろがる日本橋の家並が淡い鴇色《ときいろ》に染まっていた。

大川に目をやると、川面に夕焼けが映じていた。鬼灯色《ほおずきいろ》の波を刻みながら永代橋の彼方までつづいていた。そのひかりのなかを客を乗せた猪牙舟や屋形船などが、ゆったりと行き来している。

そろそろ、暮れ六ツ（午後六時）だろうか。大川沿いの通りには、ちらほら人影があった。仕事帰りの出職の職人や家路を急ぐ子供などが、長い影をひいて足早に通り過ぎていく。

「孫六、何か分かったか」

歩きながら源九郎が訊いた。

「てえしたことは、分からねえ」

孫六は荒木屋の女中から訊いたと前置きして話しだした。

女中によると、ここ一月ほどの間に二度、嫌がらせと脅しがあったそうだ。一月ほど前に、数匹の犬の死骸が店の前に置かれていたという。そして、半月ほど前には、ならず者が、荒木屋の米俵を運ぶ大八車に当てられて怪我をしたから薬代を出せ、と因縁をつけてきたそうである。

「それが、二度とも、越野屋の番頭が大名家の蔵元のことで談判にきたすぐ後だったそうですぜ」

孫六が言い添えた。大名家というのは、柿崎藩のことであろう。

「荒木屋が越野屋の要求を撥《は》ね除《の》けたので、その仕返しのつもりかもしれんな」

越野屋は柿崎藩との取り引きを手中に収めるために様々な手を使って、荒木屋に揺さぶりをかけているようだ。

「越野屋は商いのためなら何でもやるって聞いてやしたが、そのとおりですぜ」

孫六の口吻《こうふん》にも、怒ったようなひびきがあった。

そんな話をしながら、源九郎たちは仙台堀にかかる上ノ橋を渡って清住町《きよすみちょう》へ出た。

そのとき、暮れ六ツの鐘が鳴り、遠近《おちこち》から引き戸をしめる音が聞こえてきた。

表店が店仕舞いを始めたらしい。

「華町どの、後ろから深編み笠の武士がついてきますよ」

荒船が源九郎に身を寄せて言った。

「わしも気付いていた」

荒木屋を出て間もなく、深編み笠の武士に気付いたのだ。

遠方ではっきりしなかったが、大柄で肩幅がひろいように見えた。源九郎の脳裏に、仁左衛門から聞いた深編み笠の武士のことがよぎったが、ひとりだったので、そのままにしておいたのだ。

「どうします？」

荒船の顔がこわばっていた。荒船も、仁左衛門から聞いた深編み笠の武士とつなげたのかもしれない。

「もうすこし様子をみよう」

源九郎は、あらためて通りの前後に目をやった。ぽつぽつと人影があったが、深編み笠の武士の他にうろんな者は見当たらなかった。

源九郎たちは小名木川にかかる万年橋を渡り、紀伊《きい》家の下屋敷の前を通って新大橋のたもとへ出た。

源九郎はそれとなく後ろに目をやった。

……つめてきたな！

深編み笠の武士との間隔がつまっていたのだ。武士が足を速めたのである。

御籾蔵《おもみぐら》の前を過ぎ、御舟蔵《おふなぐら》の脇まで来たときだった。前方に三人の人影が見えた。遠方だったが、三人とも武士であることは分かった。いずれも深編み笠をかぶっている。袴姿で、二刀を帯びていた。深編み笠は顔を隠すためであろう。

……三人とも刺客のようだ。

と、源九郎は察知した。三人のなかに巨軀《きょく》の男がいた。柏崎の乗る駕籠を襲った三人組とみていいようだ。

……挾み撃ちか！

源九郎は、四人で源九郎たちを前後から挾み撃ちにするつもりで仕掛けてきたことを察知した。

御舟蔵の脇は薄暗かった。舟蔵の陰になっているせいであろう。人影もほとんど見られなかった。遠方に、風呂敷包みを背負った町人の姿が見えるだけである。おそらく、四人は人影のすくないこの場を選んで仕掛けてきたのだ。

「わしたちを狙っているぞ」

源九郎が荒船に言った。

「ど、どうします」

荒船の声が震えた。

「ふたりだけでは、太刀打ちできんな」

四人とも、手練《てだれ》とみねばならない。荒船の腕はあまり期待できなかった。四人が相手では勝負にならないだろう。

源九郎は通りの左右に目をやった。逃げ道を探したのである。

左手は御舟蔵で逃げようがなかった。右手は御舟蔵の番人の屋敷や町家などがつづいている。

見ると、番人の屋敷の脇に狭い路地があった。

「孫六」

源九郎が声をかけた。

「へ、へい」

孫六の顔もこわばっていた。状況を察知したのだ。

「そこの路地へ駆け込み、長屋の菅井に知らせるんだ。それから、茂次たちにも声をかけ、長屋の男たちを呼んできてくれ」

路地をたどれば、竪川に突き当たり、一ッ目橋を渡ればはぐれ長屋まですぐである。源九郎たち三人で逃げても、四人の刺客に追ってこられれば逃げ切れないが、孫六を追うことはないだろう。

「合点でさァ」

一声上げて、孫六が駆けだした。左足は悪いが、あんがい足は速いのである。

「荒船どの、助けがくるまで時間を稼ぐのだ」

源九郎が言った。

「わ、分かりました」

荒船の顔が蒼ざめ、声が震えていた。

見ると、前方の三人が小走りになった。やはり、柏崎の駕籠を襲った三人である。深編み笠をかぶっていたので、顔は分からなかったがそれぞれの体軀に見覚えがあった。

源九郎は川岸を背にした。背後からの攻撃を避けようとしたのだ。荒船は源九郎の右手の柳の幹の後ろにまわり込んだ。何とかして、戦いを避けたいらしい。

前方からの三人が走り寄り、源九郎の前にひとり、巨軀の男が立った。ひとりで、相手をするつもりらしい。あらためて見ると、胸が厚く、首が異様に太い。腰もどっしりと据わっていた。深編み笠の下からがっちりした頤《おとがい》と、厚い唇だが見えた。身辺から痺《しび》れるような殺気を放っている。

荒船の前には、ふたり立ちふさがっていた。ひとりは痩せていた。もうひとりは長身である。

三人はまだ抜刀していなかったが、身辺には殺気がただよっていた。

すこし遅れて、跡を尾けてきた男が、源九郎の左手にまわり込んできた。この男は大柄である。

「わしらに、何か用か」

源九郎が、巨軀の武士に訊いた。源九郎は、両腕を垂らしたままである。すこしでも、戦いを遅らせようとしたのだ。

「いっしょにいた町人はどうした」

巨軀の武士が訊いた。低い、くぐもった声である。

「逃げた。おぬしらが怖くてな」

「逃げることは、なかったのだ。われらの狙いは、おぬしらふたりだけだからな」

厚い唇の間から、白い歯がのぞいた。笑ったようである。

「うぬら、何者だ」

源九郎が誰何《すいか》した。

「通りがかりの者だ。うぬらがおれたちに無礼を働いたので、これから成敗するのだ」

言いざま、巨軀の武士が刀を抜いた。

すると、他の三人も次々に抜刀し、切っ先を源九郎と荒船にむけた。

「待て！」

まだ、源九郎は抜かなかった。

「どうした」

「立ち合う前に訊いておきたいことがある。……おぬしらを指図しているのは、秋月か」

源九郎は、刺客たちが答えるとは思わなかったが、時間稼ぎである。

「秋月などという男は知らんな」

巨軀の武士は二、三歩近付き、およそ三間半の間合を取って対峙した。

「ならば、越野屋か」

さらに、源九郎が訊いた。

「問答無用！」

武士は八相に構えた。深編み笠をかぶったままである。

やはり、異様な構えだった。柄を握った両手を肩先からすこし離し、切っ先を後ろにむけて刀身を見えなくしている。

……これが、霞颪の構えではあるまいか！

と、源九郎は思った。

「抜け！」

武士が声を上げた。

「やむをえぬ」

源九郎はゆっくりと抜刀した。

八

孫六は懸命に走った。助けが遅れれば、源九郎と荒船の命はないと分かっていた。

竪川にかかる一ツ目橋を渡って相生町へ出ると、孫六の心ノ臓は早鐘のように鳴りだした。息が苦しく、喉から悲鳴のような喘鳴《ぜんめい》が洩れている。足は棒のようになり、腰はふらついた。それでも、孫六は走るのをやめなかった。

淡い暮色のなかに、はぐれ長屋につづく路地木戸が見えてきた。その先に長屋がいつものたたずまいを見せている。

孫六は、ヒイヒイと喘《あえ》ぎ声を上げながら長屋へ走り込んだ。

井戸端で、お熊とおまつがおしゃべりをしていた。手桶を持っている。水汲みに来てひっかかったらしい。

「孫六さん、どうしたのさ」

お熊が驚いたように目を剝いた。

「み、水をくれ……」

孫六は、お熊の持っている手桶にいきなり顔をつっ込んで喉を鳴らして飲んだ。

「どうしたのさ？」

お熊が、また訊いた。おまつも驚いたような顔をしてつっ立っている。

「は、華町の旦那があぶねえんだ！」

「ほんとかい」

「し、茂次と三太郎に、知らせてくれ。それから、長屋の男たちを集めるんだ！」

そう言い置くと、孫六は走り出した。菅井に知らせるのである。

孫六はよろけるような足取りで菅井の家まで行くと、腰高障子をあけはなった。

菅井は薄暗い座敷で、横になっていた。居眠りでもしているようである。

「だ、旦那、大変だ！」

孫六が土間に立って大声を上げた。

ムクリ、と身を起こした菅井は、

「どうしたのだ」

と、仏頂面をして訊いた。

「は、華町の旦那と、荒船の旦那が殺される！」

「なんだと！」

菅井が飛び上がるような勢いで立ち上がった。

「どこだ」

「御舟蔵の脇でさァ」

「行くぞ」

菅井は部屋の隅に立ててあった刀をつかむと、座敷から飛び出した。

孫六もつづいた。井戸端のそばまで来ると、駆けてくる茂次と三太郎の姿が見えた。長屋のあちこちで、華町の旦那があぶねえ！　おまえさん、早く！　天秤棒を持ってこい！　などという声が飛び交い、戸口から次々に男たちが飛び出してきた。お熊とおまつが、長屋中に触れ歩いているのだ。

「とっつァん、どこだい」

茂次が訊いた。茂次は心張り棒を手にしている。

「御舟蔵のそばだ」

「三太郎、行くぞ！」

茂次と三太郎が、路地木戸の方へ駆けだした。

孫六は集まってきた男たちに、源九郎たちが襲われている場所を大声で伝えた。男たちが、ばらばらと長屋を飛び出していく。

そのころ、源九郎は巨軀の武士と対峙していた。すこし間合を取って、左手にもうひとり武士が立ち、青眼に構えて源九郎に切っ先をむけていた。この男も大柄である。

荒船にも、ふたりの武士が切っ先をむけていた。痩身の武士と長身の武士である。

荒船は刀を手にしていたが、柳の幹の陰から出てこなかった。まともに戦っても勝てないと思っているようだ。顔がひき攣《つ》り、体が顫《ふる》えている。

……菅井たちが来るまで、持ちこたえねば。

と、源九郎は思った。

巨軀の武士との間合は、およそ三間半。

巨軀の武士は異様な八相に構えたまま、趾《あしゆび》を這うようにさせてジリジリと間合をつめてきた。どっしりと腰の据わった大きな構えである。その巨軀とあいまって、上からおおいかぶさってくるような威圧がある。

……刀が見えぬ！

源九郎には武士の刀身が、まったく見えなかった。見えるのは柄頭だけだった。切っ先を後ろにむけ、刀身を水平に寝せているからである。

巨軀の武士との間合がしだいに狭まってきた。さらに、威圧が高まってくる。

……この構えから、真っ向にくるのか！

源九郎の脳裏に、額が深く割られた荒木屋の番頭の繁蔵の顔がよぎった。

ふいに、武士の寄り身がとまった。一足一刀の間境の半歩手前である。

武士の全身に気勢がみなぎり、斬撃の気配が満ちてきた。源九郎の目に、武士の巨軀がさらに大きくなったように映った。威圧のせいである。

そのとき、痩身の武士の気合と荒船の悲鳴が聞こえた。荒船に相対した痩身の武士が斬り込んだのである。

刹那《せつな》、巨軀の武士の全身に剣気がはしった。

タアリャッ！

裂帛《れつぱく》の気合と同時に、巨軀が躍動した。巨熊が飛びかかるような迫力である。

……見えぬ！

源九郎には、武士の太刀筋が見えなかった。

咄嗟《とつさ》に、危険を感知した源九郎は後ろへ跳んだ。

瞬間、眼前に閃光《せんこう》がはしった。

反射的に源九郎は、上体をひねるようにして上体を後ろへ倒した。

左耳のそばで刃唸《はうな》りがし、左の肩先に疼痛《とうつう》がはしった。

……斬られた！

刹那、源九郎はさらに背後に跳んだ。俊敏な反応である。

武士との間合があくと、源九郎は青眼に構えた。着物の肩先が裂け、あらわになった肌に血の色があった。武士の切っ先に斬り裂かれたのである。

……これが、霞颪か！

源九郎は身震いした。

恐ろしい剣だった。まったく太刀筋が見えないのだ。しかも、迅《はや》い。一瞬、源九郎は刃唸りの音を聞いただけである。

「爺さん、なかなかの腕だな。……おれの霞颪をかわすとはな」

巨軀の武士の唇の間から白い歯が覗いた。また、笑ったのである。

源九郎は後じさりながら、チラッと荒船に目をやった。瘦身の武士からさらに逃げ、土手の叢《くさむら》のなかへ追いつめられていた。荒船の顔に血の色があり、元結が斬られたらしくざんばら髪である。

……もう、持ちこたえられぬ！

源九郎は、このままではふたりとも斬られると察知した。

「次は、眉間を割ってくれよう」

言いざま、武士が間合をつめてきた。

刀身を後ろに引いた霞颪の構えである。

源九郎は上段に構えなおした。霞颪の真っ向の剣に太刀打ちできるのは、同じように真っ向へ斬り下ろす上段しかないと察知したのである。ただ、うまくいって、相打ちであろう。

そのときだった。上ノ橋の方から走り寄る足音が聞こえた。つづいて、華町！という叫び声がひびいた。

……菅井だ！

孫六の知らせで、駆け付けてくれたようだ。

すると、巨軀の武士が後じさり、間合を取ってから足音の聞こえる方に視線を投げた。

「邪魔が入ったらしい。……ふたりで、あの男を斬れ！」

巨軀の武士が、指示した。どうやら、この武士が四人のなかの頭格らしい。

すぐに、源九郎の左手にいた男と荒船に切っ先をむけていた長身の男がきびすを返して、走り寄る菅井の方へ体をむけた。

しだいに、菅井の足音が近付いてくる。

そのとき、あそこだ！　華町の旦那！　いま、行きやす、などという声がひびいた。遠方だが、大勢の足音が聞こえる。長屋の連中が駆け付けてくれたようだ。

「仲間がくるぞ！」

ひとりの武士が大声を上げた。

「大勢だ！」

もうひとりが叫んだ。

巨軀の武士が、足音のする方に顔をむけ、

「引け！」

と声を上げて、納刀した。そして、きびすを返すと、菅井たちとは反対方向の川下の方へ小走りにむかった。

他の三人も、刀をひっ提げたまま巨軀の武士の後を追った。

「荒船どの、大事ないか」

源九郎は、叢にへたり込んでいる荒船のそばに駆け寄った。

「は、はい、華町どのは……」

荒船が立ち上がった。顔がひき攣り、頰が血に染まっていた。腰がふらついている。ただ、顔の他に傷はないようだ。それに、かすり傷らしい。おそらく、恐怖と興奮で立っていられなくなり、へたり込んだのであろう。

「わしも、たいした傷ではない」

そう言ったが、まだ肩から勢いよく出血していた。手は自在に動くが、深手かもしれない。

そこへ、菅井が駆け寄ってきた。総髪を振り乱し、ハア、ハア、と苦しそうに息をしている。走りづめできたらしい。

「に、逃げたか……」

菅井は顎を突き出し、口をあけて荒い息を吐いた。目がつり上がり、口から牙のような歯が覗いている。凄《すさ》まじい形相である。

菅井につづいて、茂次と三太郎が駆け付け、さらに孫六の後から大勢の長屋の男たちが駆け寄ってきた。手に手に、天秤棒や心張り棒などを持っている。いずれも興奮した顔付きだった。

「長屋のみんなに、助けられたようだ」

源九郎が、長屋の男たちに目をやってつぶやいた。

第三章　警固

一

「いい歳をして、斬り合いでもしたのか」

東庵《とうあん》が源九郎の肩先に晒《さらし》を巻きながらあきれたように言った。東庵は、相生町に住む町医者だった。

深編み笠の武士たちに襲われた後、長屋に帰ると、菅井たちが源九郎の傷を心配して、東庵を呼んでくれたのである。

東庵は金持ちだけでなく、はぐれ長屋に住むような貧乏人も診《み》てくれた。それに、源九郎たち五人は、これまでも何度か傷を負って東庵に診てもらったことがあったのだ。

荒船も診てもらったが、傷口を拭いて金創膏《きんそうこう》を塗っただけである。浅い傷で、すでに出血もとまっていた。

「よかった。……華町の旦那も、荒船の旦那も、てえしたことはねえようだ」

孫六が声を上げた。すると、源九郎の部屋にいた菅井、茂次、三太郎も、ほっとしたような顔をした。

「だが、しばらく無理はできんぞ」

東庵は、手桶で手を洗いながら、傷口がふさがるまで、安静にしていることだな、と言い添えた。

「そうします」

源九郎が神妙な顔をして言った。

東庵は、茂次と三太郎に送られて帰った。その東庵たちと入れ替わるように、お熊やおまつなど長屋の女房連中が五人も顔をだした。いずれも、顔をこわばらせていた。源九郎と荒船の傷の具合が心配なのだろう。

「どうです、傷の具合は？」

お熊が、土間に立ったまま源九郎と荒船に目をむけて訊《き》いた。他の四人も、土間に並んでふたりに目をむけている。

「ふたりとも、かすり傷だよ」

源九郎が苦笑いを浮かべて言った。かすり傷ではなかったが、女房連中を安心させるためにそう言ったのである。

「ああ、よかった。孫六さんたちが、旦那たちが大怪我したなんて言うから、あたしら、心配しちまった」

お熊が言うと、他の四人も安心したように顔をやわらげた。

「それより、お熊、頼みがあるんだがな」

源九郎が照れたような顔をして言った。

「なんだい?」

「わしら、昼から何も食っておらんのだ。……腹がへってな」

源九郎が、手で腹を押さえながら言った。

すでに、五ツ(午後八時)ちかいはずだった。事実、源九郎は腹がへっていた。荒船や孫六たちも同じであろう。

「あら、気がつかなかったね」

お熊はそう言うと、土間に立っていたおまつたち四人に、夕めしの残りがあったら、持ってきておくれ、と声をかけた。

「めしが残っているよ」

おとよが言った。おとよは、ぼてふりの若い女房である。

「あたしのところに、たくあんがある」

お妙《たえ》が声を上げた。お妙は、源九郎の壁隣りに住む女房だった。

お熊たち五人は慌てた様子で、土間から出ていった。こういうとき、お熊たち女房連中は頼りになる。

いっとき待つと、お熊たち女房連中が、握りめしや漬物などを持ってきた。おまつは湯の沸いた鉄瓶を持ってきて、茶まで淹《い》れてくれた。

「ありがたい」

さっそく、源九郎たちは握りめしや漬物を頬張り、茶を飲んだ。

しばらくすると、東庵を送っていった茂次と三太郎も帰ってきて、握りめしを食った。

だいぶ、夜も更けていたので、お熊たちは腰を落ち着けずに帰ったが、菅井や茂次たちは源九郎の部屋に残った。

「華町、刺客は四人だな」

菅井が、声をひそめて訊いた。行灯《あんどん》の灯《ひ》に照らし出された菅井の顔はけわしかった。刺客一味に、源九郎が後れを取ったのである。菅井は、源九郎の相手が尋常な遣い手ではなかったとみたらしい。

「そうだ。いずれも遣い手のようだ」

「華町が後れを取った相手が、霞颪《かすみおろし》を遣ったのではないのか」

さらに、菅井が訊いた。

孫六たちもけわしい顔で、源九郎に視線を集めている。

「この傷は、霞颪にやられたものだ」

源九郎が肩先に目をやった。

「どんな剣だ」

菅井は剣客として、霞颪がどんな剣なのか知りたいのであろう。

「八相の構えだが、刀身を寝せて相手に見えないように構えるのだ。霞颪の名は、太刀筋が見えないことから付けられたのであろうな」

源九郎は、巨軀《きょく》の武士が遣った刀法を菅井に話した。

「おそろしい相手だな」

菅井が虚空を見つめてつぶやいた。双眸《そうぼう》が、行灯の灯を映して血のような色にひかっている。

源九郎が肩先に傷を負って七日経った。

この日の朝、源九郎は井戸端に行き、濡れた手ぬぐいで首筋や胸まわりなど丹念に拭いた。まだ、晒を取るのは早かったが、汗や垢を落としてさっぱりしたかったのだ。

源九郎は体を拭いた後、ゆっくりと肩をまわしてみた。ほとんど痛みはない。

……これなら、刀を遣えるかな。

源九郎は、そろそろ刀を振ってみようと思った。いつまでも、長屋でくすぶっているわけにはいかなかったのだ。

「旦那、だいぶ、いいようで」

後ろで、孫六の声が聞こえた。手桶を持っている。水を汲みにきたようだ。

「お蔭で、刀も遣えそうだよ」

「そいつはよかった」

孫六が顔をくずした。

「ところで、何か知れたか」

源九郎が声をひそめて訊いた。孫六、茂次、三太郎の三人は、越野屋を探っていたのである。

「旦那たちを襲ったやつらかどうかはっきりしねえが、越野屋に侍がときおり顔を出すそうでさァ」

孫六の話によると、羽織袴姿の武士だそうである。

「秋月とかかわりのある者かもしれんな」

「それに、あるじの甚五郎は柳橋の菊乃屋《きくのや》を贔屓《ひいき》にしていて、番頭の房蔵《ふさぞう》をつれてよく出かけるそうですぜ」

「料理屋の菊乃屋か」

源九郎は柳橋に菊乃屋という老舗《しにせ》の料理屋があることを知っていた。

「そうでさァ。……茂次たちと話したんですがね。菊乃屋に探りを入れてみようと思ってるんでさァ」

孫六が目をひからせて言った。老いを感じさせない腕利きの元岡っ引きらしい剽悍《ひょうかん》そうな顔である。探索で動きまわっているときの孫六は活力に満ち、生き生きしているのだ。

「そうしてくれ」

源九郎は、わしも、今日から歩かねばならんな、と胸の内でつぶやいた。

二

源九郎は家にもどると、さっそく羽織袴に着替え、二刀を帯びて長屋を出た。深川六間堀町《ろっけんぼりちょう》へ行くつもりだった。六間堀町に華町家の屋敷があったのである。

華町家を継いだ倅の俊之介は、三十俵三人扶持《ぶち》の御納戸《おなんど》同心だった。俊之介なら、御書院御番頭の秋月について、目付筋とはちがった噂を耳にしているのではないかと思ったのだ。それに、ここしばらく孫の新太郎《しんたろう》と八重《やえ》に会っていなかったので、顔を見たくなったこともある。

華町家の玄関先に立つと、家のなかからキャッ、キャッという子供の笑い声が聞こえてきた。男児《おとこのこ》と女児《おんなのこ》の声である。新太郎と八重らしい。廊下を走る足音も聞こえるので、ふたりで遊んでいるのかもしれない。

「だれか、いるかな」

源九郎が土間に立って奥に声をかけた。

すると、笑い声と足音がハタとやみ、爺《じい》さまだ！　という新太郎の声がひびいた。少年らしい張りのある声だった。新太郎は七つである。つづいて、爺ちゃまだ、と舌にからまるような女児の声がした。声に赤子を思わせるようなひびきがある。八重は、まだ三つなのだ。

バタバタと足音がし、新太郎と八重が、戸口に顔を見せた。ふたりの後に、母親の君枝《きみえ》の姿があった。

「これ、走ってはだめですよ。お行儀の悪い」

君枝が、慌てた様子でふたりを追ってきた。

君枝は土間に立っている源九郎に気付くと、

「お、お義父《とう》さま、よくおいでくださいました」

そう言ってから、両手を伸ばし、ふたりの子供の肩先を押さえつけた。

君枝のふっくらした頬が、朱を刷《は》いたように赤らんでいた。丸顔で目が細く、お多福のような顔をしている。娘のころは、ぽっちゃりしてかわいかったが、子供をふたりも産んだいまは母親然としていた。

新太郎と八重は、上がり框《がまち》のそばに立って源九郎の顔を見つめている。ふたりとも母親に似ているが、不思議と顔立ちがよく見えた。なんとも可愛らしい。

「元気そうでなによりだ。……ふたりとも賢そうな顔をしておる。母親に似たかな」

源九郎は満面に笑みを浮かべて言った。母親のことを言い添えたのは、君枝を喜ばせるための世辞である。

「お義父さまも、息災でなによりでございます」

君枝が、嬉しそうに目を細めた。どうやら、源九郎が怪我をしたことは、知らないようである。

「俊之介はいるかな」

源九郎が訊いた。

「はい」

「ちと、訊きたいことがあってな」

「お上がりになってくださいまし」

君枝は機嫌がよさそうだった。ふたりの子供だけでなく、自分も褒められたような気がしたのだろう。

「上がらせてもらおうか」

源九郎は大刀を鞘ごと抜くと、框から上がった。

腰を落ち着けたのは、居間である。華町家に来ると、ここで話すことが多いのだ。新太郎と八重は、君枝といっしょに台所へむかった。茶の支度でもするのだろう。

君枝と子供たちが居間から去ると、それと入れ替わるように俊之介が姿をあらわした。今日は出仕の日ではないらしく、小袖に角帯というくつろいだ格好だった。

「父上、お久し振りです」

俊之介は、座敷の隅にあった座布団を源九郎の脇に出して腰を落とした。

「ちと、訊きたいことがあってな」

源九郎が声を落として切り出した。

「なんです？」

俊之介が訝《いぶか》しそうな顔をした。ただの世間話ではないと感じ取ったようだ。

「御書院御番頭の秋月盛安という男を知っているかな」

源九郎は秋月の名を出した。

「秋月さま……」

俊之介が驚いたように目を剝いた。

「知っているようだな」

「ち、父上、何があったのです。御書院御番頭といえば、わたしなどそばに近付けないほどのお方ですよ」

俊之介の声は震えを帯びていた。源九郎が秋月に対し、なにか不始末でも起こせば自分にも累が及ぶと思ったのかもしれない。

「案ずるな、わしが秋月に切っ先をむけるわけではない」

「そんなことをすれば、わたしの首が飛びますよ」

俊之介が昂《たかぶ》った声で言った。顔に驚きと困惑の表情が浮いている。

そのとき、廊下を歩く足音がし、君枝と子供たちが入ってきた。茶道具を盆に載せている。ふたりの湯飲みと茶請けの煎餅《せんべい》が載っていた。

ふたりの子供は煎餅を手にしていた。君枝からせしめたらしい。

源九郎と俊之介は口をつぐみ、君枝が膝先に湯飲みと茶請けを出すのを見ていた。君枝の前で、口にするような話題ではなかったのだ。

君枝は部屋の雰囲気から源九郎たちの話が込み入っていると感じたらしく、茶を出し終えると、

「新太郎、奥で手習いをしましょうね」

と言って、すぐに腰を上げた。ちかごろ、新太郎は手習いを始めたのである。

「手習いする」

と言って、立ち上がったのは、八重だった。すると、新太郎が、

「手習いはおれだぞ」

と言って、慌てて君枝の後を追った。

母親の後を追う新太郎と八重の足音が、パタパタと廊下にひびいた。

三

君江と子供たちが去ると、部屋が急に静かになった。

源九郎は湯飲みに手を伸ばし、一口すすってから、

「実は、御目付の柏崎さまに頼まれたことがあってな」

と、小声で言った。

「御目付さま……」

俊之介が、また目を剝いた。俊之介にとっては、御目付も雲の上のような存在なのだ。

「なに、実際に動いているのは、御徒《おかち》目付の亀田どのや御小人《おこびと》目付の荒船どののだ」

俊之介も、荒船のことは知っていた。以前、荒船がかかわった事件に巻き込まれたとき、俊之介にも話しておいたのだ。

「それで」

俊之介が先をうながした。

「俊之介は、御徒目付の牧村惣次郎という男が斬り殺されたことを聞いているかな」

「噂は聞いています」

俊之介が身を乗り出すようにして言った。顔の困惑の表情は消えている。

「柏崎さまが、命を狙われたことは？」

「知りません。そんなことが、あったんですか」

俊之介が膝行《しっこう》し、源九郎に身を近付けた。源九郎にむけられた目に、好奇の色が浮いている。

「それでな、頼まれたのだ。……まァ、身辺警固かな」

源九郎が照れたような顔をして言った。

「ああ、また……」

俊之介がちいさくうなずいた。俊之介は、源九郎たちがはぐれ長屋の用心棒と呼ばれ、商家や武家から依頼されて、嫌がらせや脅しから店や家を守ったり、娘や子供を助け出したりしていることを知っていた。

俊之介自身、御納戸役がかかわった事件に巻き込まれて命を狙われたおり、源九郎たちに助けられたことがあったのだ。

「俊之介、秋月だが、どんな男なのだ」

源九郎が声をあらためて訊いた。

「あまり評判はよくありません」

そう前置きして、俊之介が話しだした。

秋月家は、二百石の小身の旗本だったという。家督を継いだ秋月盛安は、御書院御番与力として出仕した。御書院御番与力は役高八十石だから、高い役柄ではない。ところが、秋月はすぐに御書院御番に栄進し、さらに三年ほどで御書院御番組頭に昇進した。そして、出仕後十年ほどで、御書院御番頭に出世したという。

「それだけではありませんよ、ちかごろ、秋月さまは、御側衆に推挙されるのではないかとの噂があるのです」

俊之介が小声で言った。

「なに、御側衆に！」

大変な出世である。

御側衆といえば、若年寄や老中から書類を受け取ったり、直接将軍に接して書類の裁可を得たりする役職であり、ときには将軍に対してさえ意見を言うことがあった。将軍に近侍していることもあって、その権勢は絶大だった。役高は五千石で、老中待遇である。

「いまのところ、噂ですから……」

俊之介は声を落とした。

「それにしても、大変な出世だな」

源九郎は、本人の努力や力量だけで、そこまで出世できるとは思えなかった。強い後ろ盾があるか、裏で特別な猟官運動をしているかである。

源九郎が声をひそめてそのことを言うと、

「……実は、秋月さまにはよからぬ噂がありましてね。それで、御目付もひそかに秋月さまの身辺を調べようとされたのかもしれません」

「そのよからぬ噂というのは？」

源九郎は、その噂が知りたかった。

「出世のためには、何でもやるそうです。……上役への追従はむろんのこと、多額の賄賂《まいない》を幕閣へ贈っているらしいのです」

「よく金があるな」

元は二百石の旗本である。それほどの金があるとは思えない。

「噂ですが、富裕な商家から金が流れているとのこと」

俊之介は語尾を濁した。自信のない顔である。やっかみ半分の風聞に過ぎないのかもしれない。

「うむ……」

源九郎の胸に越野屋のことが浮かんだ。越野屋から秋月に金が流れているとすれば、腑に落ちる。越野屋から秋月に金が渡されたとすれば、当然秋月からも越野屋に相応の見返りがあるはずである。柿崎藩の蔵元のことも、秋月が幕府の要人として陰で柿崎藩に働きかけたとも考えられる。そういえば、荒木屋の仁左衛門が、幕府の働きかけがあったようなことを口にしていた。

おそらく、秋月の異例の昇進の裏に何らかの不正があるとみた柏崎たちが、内偵を進めていたのであろう。

「金だけではないのです」

俊之介が膝行して、源九郎に身を寄せた。

「他にもあるのか」

「これも、噂だけですがね。……実は、秋月さまが、御書院御番組頭だったころのことです」

そう前置きして、俊之介が話しだした。

御書院御番は六番まであり、それぞれに組頭がひとりずついるという。その組頭に佐原《さはら》重之介《じゅうのすけ》という男がいた。上司である御番頭のおぼえがよく、秋月とともに次の御番頭の座を狙っていた。

その佐原が下城時、何者かに襲われて落命した。御目付が事件を調べたが、下手人はつきとめられなかった。しかも、襲撃者が、父の敵、と叫んだことが分かり、敵討ちか私怨による犯行であろうとみなされ、探索もうやむやになってしまったという。

「うむ……」

源九郎は、秋月の策謀だと思った。刺客に父の敵と叫ばせて、佐原を斬殺し、出世争いの相手を始末したのである。

……四人の刺客の陰には秋月がいる。

と、源九郎は確信した。

俊之介が話をやめると、座敷がまた静寂につつまれた。新太郎はまだ手習いをしていたらしく、ときおり奥の部屋から小声が聞こえるだけだった。

「父上」

俊之介が声をあらためて言った。

「なにかな」

「父上たちが何をなさろうとしているのか存じませんが、相手は幕府の重職にある方です。配下の者はむろんのこと家臣も大勢おりましょう。くれぐれも、ご無理をなさらぬように……」

俊之介が源九郎を見すえて言った。

「承知しておる」

源九郎は嬉しくなった。俊之介は、父の身を案じてくれているのだ。

「それに、華町家のことは、表に出さぬようお願いします」

俊之介の声に訴えるようなひびきがくわわった。

「……」

どうやら、父の身以上に華町家に累が及ぶことを懸念しているようだ。

源九郎は膝先に置いてあった湯飲みを手にして、茶をがぶりと飲んだ。冷たくなっている。

……仕方あるまいな。

と、源九郎は胸の内でつぶやいた。俊之介は華町家の当主として家を守らなければならないし、妻とふたりの子供もいるのだ。隠居して家を出た父親より、妻子の方が大事にちがいない。

「俊之介、また、寄らせてもらうぞ」

そう言い置いて、源九郎は立ち上がった。

四

源九郎は、竪川沿いの道をはぐれ長屋にむかって歩いていた。八ツ半（午後三時）ごろであろうか。陽は西の空にかたむいていたが、まだ陽射しは強かった。

源九郎は華町家を出た後、途中で目にしたそば屋に入り、腹ごしらえをしてきたのである。

……孫六ではないか。

通りの先に、せわしそうに歩いてくる孫六の姿が見えた。左足をすこしひきずるようにして歩くので、すぐに孫六と知れるのだ。

孫六は源九郎に気付くと、小走りになった。

「だ、旦那、探しやしたぜ」

孫六が息をはずませながら言った。

「何かあったのか？」

「長屋にみえてやすぜ。荒船さまたちが……」

孫六によると、荒船の他に武士がふたり来ているという。

「わしの部屋にいるのか」

「いえ、菅井の旦那のところにいやしてね。あっしに、華町の旦那に話があるから見つけてきてくれって言ったんでさァ」

「所用で、六間堀町に行ったのだ」

孫六は、華町家が六間堀町にあるのを知っていたので、そう言えばどこに行っていたか分かるはずである。

「お孫さんの顔を見に行ったんでしょう」

孫六が目を細めて言った。

「まァ、そうだ」

ふたりは、そんなやり取りをしながらはぐれ長屋に急いだ。

菅井の家に、四人の男が座していた。菅井、荒船、亀田、それに牧村慶之助である。

「おお、華町、待っていたぞ」

菅井が源九郎の顔を見るなり、声を上げた。ほっとした表情がある。荒船たち三人を相手に、ひとりでは肩身が狭かったのかもしれない。

源九郎は菅井の脇に膝を折ると、

「何かありましたかな」

と、訊いた。荒船たち三人が、源九郎を食い入るように見ていたからである。

「いや、荒船から華町どのが深手を負ったと聞いたもので……」

亀田が声をつまらせて言った。どうやら、亀田たち三人は、源九郎の怪我の様子を見ていたらしい。

「御覧のとおりでしてな。傷も癒えました」

源九郎は左腕をまわして見せた。かすかな疼痛《とうつう》があったが、気にするような痛みではない。刀もふるえるだろう。

「……よかった」

荒船が言うと、亀田と牧村も安堵《あんど》の表情を浮かべた。

「それで、何かありましたか」

源九郎があらためて訊いた。いまごろになって、三人そろって怪我の見舞いにきたとは思えなかったのだ。

「刺客のことだそうだ」

菅井が低い声で言った。

「何か知れたのか」

源九郎が訊いた。

「ひとりだけ、それらしい男が判明したのだ。……秋月家の家士に、佐々木宗八《ささきそうはち》なる男がいる。佐々木は一刀流の遣い手で、ほとんど秋月家にはいないようなのだ」

亀田によると、佐々木は元御書院御番同心で、秋月が御書院御番与力だったころの配下だったという。

「佐々木宗八という男だが、霞颪なる剣を遣うのか」

源九郎が訊いた。

「いや、一刀流の遣い手だが、霞颪なる剣を遣うという噂はない」

亀田は、当時佐々木と同僚だった男から話を聞いたと言い添えた。

「すると、四人のうちのひとりかな」

刺客は四人いた。いずれも、剣の遣い手である。そのなかのひとりが、佐々木とみてもいいのかもしれない。

「われらも、そうみている」

亀田が言った。

「ところで、佐々木の所在はつかんでいるのか」

「佐々木家がどこにあるかは、分かっている。妻子はいないが、母親と兄弟はいるらしい。……佐々木家を見張っていれば、姿を見せるとみているのだ」

「佐々木を捕らえて、他の三人の家を吐かせたらどうかな」

源九郎が言うと、亀田が身を乗り出すようにして、

「実は、そのことで頼みがあってまいったのだ」

「頼みとは？」

「まだ、秋月さまの不正を明らかにする確かな証《あかし》はない。いま、佐々木を捕らえて、われらが吟味することはできんのだ。相手は、元御書院御番同心とはいえ、秋月さまとつながりのある男だ。幕閣に働きかけて、どのような圧力がかかるか分からないからな」

亀田が言った。

「うむ……」

源九郎も、亀田たちが迂闊《うかつ》に手を出せないことは分かった。

「それで、そこもとたちに佐々木を捕らえて欲しいのだ」

「わしらが？」

「そうだ。そこもとたちには、佐々木を捕らえる言い分がある。なにしろ、四人の刺客に襲われ、そうして深手も負ったのだからな」

「うむ……」

確かに、佐々木を捕らえて他の仲間の居所を吐かせる、それなりの理由はあるだろう。

「むろん、われらが手筈《てはず》はととのえる」

亀田が言うと、脇にいた荒船が、

「華町どの、菅井どの、われらに手を貸してくだされ」

と、訴えるような口調で言った。

すると、荒船の訴えを聞いた菅井が、

「分かった。手を貸そう」

と、脇から口をはさんだ。

「華町どのは、どうであろう？」

亀田が源九郎に目をむけた。

「わしも、手を貸す」

菅井が承知したので、否とは言えなかった。それに、柏崎家から大金をもらっている以上、亀田たちに手を貸さないわけにはいかなかったのだ。

「それはありがたい。……佐々木の所在がはっきりしたら、すぐに知らせよう」

亀田がほっとしたような顔で言った。

次に口をひらく者がなく、部屋は沈黙につつまれたが、これまで黙したまま身を硬くして座していた牧村が、

「華町どのを襲った男が、霞颪の剣を遣ったそうですね」

と、思いつめたような顔をして訊いた。

源九郎は、大川端で四人の刺客に襲われた後、荒船に霞颪のことを話していたので、牧村は荒船から聞いたのであろう。

「霞颪に、まちがいない」

と、源九郎が言った。

「その男が、父の敵です。名は分かりましたか」

牧村が身を乗り出して訊いた。目が燃えるようにひかっている。敵を討ちたい一念が胸を圧しているようだ。

「名は分からぬ」

「その男を見れば、分かりますか」

「分かるだろうな」

顔は深編み笠で隠していたが、体軀を見れば分かるはずである。

「その男の名や居所が分かったら、わたしに教えてください」

「かまわんが、牧村どのは、その男と立ち合うつもりなのか」

「は、はい」

牧村が強い口調で言った。

「霞颪は、おそろしい剣だぞ」

牧村がどの程度の腕か知らないが、まず無理だろうと思った。牧村は剣の修行で鍛え上げた体をしていなかったのだ。

「身を捨てて挑めば、一太刀なりともあびせられると思います」

牧村が眦《まなじり》を決したような顔で言った。

「……………」

返り討ちに遭《あ》うだけだと思ったが、何も言わなかった。

源九郎が黙っていると、

「なに、おれと華町が助太刀すればなんとかなる」

と、菅井が口をはさんだ。菅井は、牧村に助太刀するつもりでいるのだ。

「そうだな」

源九郎にも、菅井と同じように牧村に父の敵を討たせてやりたい気持ちはあった。

五

源九郎が、はぐれ長屋で荒船たち三人と会った三日後だった。陽が西の空に沈みかけたころ、荒船が源九郎の家に顔を見せた。菅井もいっしょである。荒船は菅井の家に立ち寄り、ふたりで源九郎の許へ来たようだ。

源九郎は、久し振りに自分でめしを炊いて夕飯にしようと思い、竈《へっつい》に焚《た》き付けたところだった。

源九郎は竈から立ち上ぼる煙に、目をこすりながら、

「佐々木の居所が分かったのか」

と、訊いた。荒船が源九郎の許に連絡に来るとすれば、そのことだろうと思ったのだ。

「分かりました」

荒船も目をこすりながら言った。

「おい、もうめしなど炊いている暇はないぞ。火を消してしまえ」

菅井が渋い顔をして言った。

「仕方ないな」

源九郎は焚き付けたばかりの竈のなかへ薪をつっ込み、たたいて火を消した。

いったん、煙が竈から濛々《もうもう》と舞い上がったが、すぐに勢いが衰え、白煙が細々と立ち上ぼるだけになった。火は消えたらしい。

「それで、佐々木の居所は？」

源九郎が、立ち上がって訊いた。

「下谷です」

荒船によると、佐々木は下谷の練塀《ねりべい》小路にある自分の屋敷に帰っているそうだ。

「それで、いつ仕掛けるな」

「今夕にも」

荒船が声をひそめて言った。

「今日はいても、明日いるか分からんからな」

菅井が言い添えた。

「それで、亀田どのたちは？」

「新シ橋のたもとで待っているはずです」

新シ橋は神田川にかかる橋である。

「亀田どのだけか」

「いえ、亀田どのの他に、柳瀬十四郎《やなせじゅうしろう》どのと利根吉《とねきち》という中間《ちゅうげん》がいます」

荒船によると、柳瀬も御徒目付で柏崎の配下だそうだ。また、利根吉は佐々木を呼び出すために連れてきたという。

「分かった」

源九郎は、支度をするから、井戸端で待っていてくれ、と言って、座敷へ上がった。小袖を着流していたので、袴を穿《は》こうと思ったのである。

源九郎は小袖に袴姿で二刀を帯び、井戸端に行くと、菅井と荒船が待っていた。

源九郎たち三人は、竪川沿いの通りへ出て両国橋を渡った。賑やかな両国広小路を抜け、柳原通りをしばらく歩くと、前方に新シ橋が見えてきた。

「亀田どのたちです」

荒船が前方を指差した。

見ると、新シ橋のたもとに三人の男が立っていた。ひとりは亀田である。いっしょにいるのは、長身の武士と中間だった。武士は三十がらみであろうか、羽織袴姿で二刀を帯びていた。御家人ふうの格好である。中間はお仕着せの半纏《はんてん》に股引姿だった。二十四、五と思われる小柄な男だった。浅黒い顔をして、目が細かった。いかにも、敏捷《びんしょう》そうな男である。

源九郎たちが近付くと、

「それがし、柳瀬十四郎にござる」

長身の武士が名乗った。

利根吉という中間は、武士の後ろで頭を下げただけである。

源九郎と菅井も名乗った後、六人は新シ橋を渡って外神田へ出た。

「まいろう」

神田川沿いの道をしばらく歩き、和泉橋のたもとを過ぎてから左手の路地へ入った。その路地が練塀小路につづいている。町家のつづく路地をいっとき歩くと、道の両側は武家屋敷だけになった。御家人や小身の旗本の屋敷が軒を連ねている。狭い庭に野菜を植えたり、販売目的の鉢植えの苗木などを並べている家も目についた。微禄のために、内職をしているのであろう。

「暮れ六ツ（午後六時）を過ぎてからだな」

亀田が西の空に目をやって言った。

陽は西の家並の向こうに沈みかけていたが、まだ頭上には青空がひろがっていた。通りには人影があった。町人の姿はほとんどなく、羽織袴姿の御家人や中間を連れた小身の旗本らしい武士などである。

通り沿いに、築地塀《ついじべい》をめぐらせた武家屋敷があった。高禄の旗本屋敷らしい。

その塀の脇で、亀田が足をとめた。

「佐々木の屋敷は、この先なのだ」

屋敷は一町ほど先の右手にあるという。

「しばらく待とう」

亀田によると、暮れ六ツの鐘が鳴ってしばらくすれば、通りの人影は消えるという。さすが、御徒目付である。佐々木の屋敷周辺の様子をよく調べてある。

源九郎たちは築地塀に身を寄せた。

いっときすると、暮れ六ツの鐘が鳴った。まだ西の空に、残照がひろがっていたが、塀や樹陰などには、淡い夕闇が忍びよっていた。通りの人影も途絶えて、辺りはひっそりと静まっている。

「そろそろ仕掛けよう。……利根吉、頼むぞ」

亀田が利根吉に声をかけた。

「へい」

と応え、利根吉が塀の陰から通りへ出た。

利根吉が、佐々木を呼んでくるという。亀田によると、利根吉は秋月家の使いと偽り、秋月家の用人の名を出して、この近くまで呼んでくる手筈になっているそうだ。用人の名は加藤金右衛門《かとうきんえもん》。加藤の名も、亀田たちが調べたという。

「いよいよ、わしらの出番だな」

そう言って、源九郎は袴の股だちを取った。

「ここは、おれにまかせてくれ」

菅井はそのままの格好で、刀の目釘《めくぎ》だけを確かめた。

六

「来た！」

荒船が声を上げた。

通りの先に、ふたりの人影が見えた。ひとりは利根吉である。もうひとりは、小袖に袴姿の武士だった。二刀を帯びていた。痩身である。

……あやつだ！

源九郎は武士の体軀に見覚えがあった。大川端で襲われたとき、荒船に切っ先をむけた男である。

ふたりは、足早に源九郎たちのいる方へ近付いてきた。

「わしが、行く手をふさぐ」

源九郎が言った。

「おれは、後ろからだな」

菅井がうなずいた。すでに、ふたりで手筈を話してあったのだ。

利根吉と佐々木が、半町ほどに迫ってきた。……加藤どのは、どこにいるのだ、と佐々木が訊いた。声に苛立《いらだ》ったようなひびきがある。……あの屋敷の塀のそばで待っていると言ってやしたぜ、と利根吉が答えた。足早に歩きながら、ふたりはそんなやり取りをしていた。

ふたりの姿が、十間ほどに迫ってきた。

源九郎は、ゆっくりとした歩調で通りへ出た。

「旦那、あそこでさァ」

利根吉が、姿を見せた源九郎を指差した。

佐々木の足が速くなったが、ふいに何かに突き当たったように足がとまった。驚愕《きょうがく》に目を剝き、凍りついたようにつっ立っている。源九郎に気付いたようだ。

「あっしの役目は、ここまででさァ」

言いざま、利根吉はすばやい動きで佐々木から離れた。

源九郎は佐々木にむかって走った。築地塀の陰にいた菅井が、足音を忍ばせて塀沿いの闇に身を隠しながら佐々木の背後にまわり込む。

「き、きさま！」

佐々木が吼《ほ》えるような声を上げた。

三十代半ばであろうか。面長で鼻梁の高い男だった。その顔が驚愕と怒りで、赭黒《あかぐろ》く染まっている。

「大川端で世話になった礼をしようと思ってな」

源九郎は刀の柄に手をかけて、つかつかと佐々木に近寄った。

「おのれ！　謀《はか》ったな」

叫びざま、佐々木が抜刀した。

佐々木は、切っ先を源九郎にむけて青眼に構えた。腰の据わった隙のない構えだった。一刀流の遣い手だと聞いていたが、そのとおりである。

源九郎は佐々木と三間ほどの間合を取って足をとめると、ゆっくりとした動作で刀を抜いた。源九郎の目は、佐々木の背後にまわった菅井にそそがれていた。

菅井は足音を忍ばせて佐々木に近付いてくる。まだ、佐々木は菅井に気付いていないようだ。目の前に立った源九郎に気を奪われているせいだろう。

「行くぞ！」

源九郎も相青眼に構えた。

ピタリと、切っ先が佐々木の目線につけられた。どっしりと腰の据わった大きな構えである。おそらく、佐々木は切っ先が眼前に迫ってくるような威圧を感じているはずだ。佐々木の顔に驚愕の表情が浮いた。切っ先を向け合ってあらためて源九郎の腕のほどを知ったのであろう。

だが、佐々木はすぐに表情を消した。逃げるつもりはないらしい。ひとりの剣客として、対峙した相手から逃げる気にはなれなかったのだろう。

そのとき、佐々木がハッとしたような表情を浮かべて背後を振り返った。菅井に気付いたのだ。

「騙《だま》し撃ちか！」

叫びざま、佐々木は路傍に走った。武家屋敷の築地塀を背にして背後からの攻撃を避けようとしたらしい。

イヤアッ！

甲声《かんごえ》を発し、いきなり菅井が疾走した。

左手を鍔元《つばもと》へ添えて鯉口を切り、右手で刀の柄をつかんでいた。居合の抜刀体勢をとっていたのである。

「きさまが相手か！」

佐々木が反転して切っ先を菅井にむけた。

かまわず、菅井は疾走した。淡い夕闇のなかで、一気に佐々木との間合がつまる。

菅井が斬撃の間境に迫った瞬間、

タアアッ！

鋭い気合を発し、佐々木が青眼から袈裟《けさ》に斬り込んだ。

間髪を入れず、菅井が逆袈裟に抜きつけた。居合の神速の一刀である。

袈裟と逆袈裟。二筋の閃光《せんこう》がはしり、ふたりの眼前で合致した。

キーン、という甲高い金属音がひびき、青火が散った。ふたりの刀身がはじき合う。次の瞬間、ふたりは二の太刀をはなった。

佐々木は刀身を振り上げ、真っ向へ。

菅井は刀身を峰に返しざま脇へ跳んで、胴へ。

佐々木の切っ先が菅井の肩先をかすめて空を切り、菅井の刀身は佐々木の腹を強打した。峰打ちである。

ふたりの二の太刀の迅《はや》さは、ほとんど同じだったが、菅井は脇へ跳んだため佐々木の切っ先を逃れることができたのだ。菅井は佐々木の二の太刀を読んでいたのである。

ドスッ、というにぶい音がし、佐々木の上体が前にかしいだ。菅井の刀身が佐々木の腹に食い込んでいる。

佐々木は、苦痛に顔をしかめてよろめいた。そして、腹を左手で押さえたまま地面に両膝をついてうずくまった。低い呻《うめ》き声を洩《も》らしている。

そこへ源九郎が近寄り、佐々木の両肩を押さえつけた。

「菅井、縄をかけろ!」

「よし」

菅井は懐《ふところ》から細引を出すと佐々木の両腕を後ろに取って手首を縛った。さらに、手ぬぐいを出して、猿轡《さるぐつわ》をかました。騒がれないようにしたのである。

「利根吉、縄を持ってくれ」

源九郎が声をかけると、利根吉が駆け寄ってきた。

「へい」

利根吉が佐々木の後ろにまわって縄を取った。

源九郎と菅井は佐々木の両脇に身を寄せて腕を通し、逃げられないようにして神田川の方へ歩きだした。

荒船たち三人は、すこし間を取って源九郎たちの後からついてきた。足音は聞こえたが、佐々木には後ろから来る三人がだれなのか分からないはずだ。夕闇が濃くなっていたし、源九郎と菅井に腕を取られて振り返ることができなかったからである。

七

源九郎たちは、神田川にかかる和泉橋を渡った。柳原通りに出て筋違《すじかい》御門の方へいっとき歩くと、川岸近くに稲荷があった。稲荷は柳を植えた堤の先になるので、通りからは稲荷の杜《もり》しか見えない。しかも、辺りは夜陰につつまれていたので、人目を気にする必要のない場所である。

源九郎たちは、佐々木を稲荷の境内に連れていった。はぐれ長屋へ連れていくわけにはいかないので、そこで話を訊くつもりだったのだ。

境内の樹陰の暗がりに、佐々木を連れていき膝を折らせた。そこの闇は深く、かすかに人の輪郭が識別できるだけである。

荒船、亀田、柳瀬の三人が近付いてきて、すこし離れた場所に立った。佐々木は人の近付く気配は感じたようだが、だれなのか分からないだろう。

「菅井、猿轡を取ってくれ」

源九郎が言った。

「分かった」

すぐに、菅井が佐々木の猿轡を取った。

「泣こうが喚《わめ》こうが、だれにも聞こえぬ。ここにいるのはわしらと、おぬしだけだ」

源九郎が低い声で言った。

佐々木は何も言わなかった。顔がゆがんでいる。かすかに体が顫《ふる》えていた。興奮と恐怖のせいであろう。

「おぬし、わしらを四人で襲ったな」

源九郎が訊いた。

「……し、知らぬ」

佐々木が声を震わせて言った。しゃべる気はないようである。

「ここで死ぬ気か」

「斬りたければ、斬れ！」

佐々木が吐き捨てるように言った。

源九郎は、この男は拷問してもしゃべらないだろうと踏んだ。

「そう意地を張るな。……わしらは見たとおりの貧乏牢人だ。たまたま通りかかって、柏崎さまを助けたが、たいしたことではない。……それより、わしらが懸念しているのは、おぬしらに命を狙われたことだ。このままでは、わしらは夜も歩けぬ」

源九郎がもっともらしく言った。

「そのとおりだ。おれを斬っても、仲間の三人がうぬらを斬るぞ」

佐々木が語気を強くして言った。

「その三人の名は？」

源九郎が訊いた。

「知らんな」

「霞颪を遣う男が、おぬしらの頭か」

「よく知っているな。霞颪は必殺剣だ。うぬにも、勝てぬ」

闇のなかで、佐々木の目が底びかりしていた。挑むような目である。

「そうかな。……ところで、霞颪は何流の技だ」

源九郎は剣の流派が分かれば、何者であるかたぐれると思ったのだ。

「何流でもない。頭が独自に工夫した剣だ」

「おぬしと同じ元同心か」

「そうではない」

佐々木の顔に、しまった、という表情が浮いた。余分なことをしゃべったと思ったのかもしれない。

それから、源九郎が何を訊いても佐々木は口をひらかなかった。これでは、刺客一味の名も住処《すみか》も分からない。

菅井は源九郎のやり方では埒《らち》があかないとみたのか、佐々木に近寄ると、

「すこし、痛い目に遭わせてやろう」

と言いざま、刀を抜いた。

そして、いきなり切っ先を佐々木の太股に突き刺した。

ギャッ、と絶叫を上げ、佐々木が身をのけ反らせた。激痛に顔がゆがみ、体が激しく顫えている。

「どうだ、すこしはしゃべる気になったか」

菅井が刀身を引くと、佐々木の太股から血がほとばしり出た。

「お、おのれ！」

佐々木は目をつり上げ、歯を剝き出した。狂気を思わせるような凄絶《せいぜつ》な形相である。

「忠義のつもりか。どうせ、越野屋に金で買われた犬ではないか」

菅井が揶揄《やゆ》するように言った。

「おれは、越野屋から金などもらってはおらん」

佐々木が強い口調で言った。

「金は秋月から出ているのか」

「し、知らぬ！」

佐々木は顔を横にむけた。

そのとき、亀田が佐々木の背後に身を寄せてきた。ただ、二間ほど距離を取り、深い闇のなかに身を隠している。

「佐々木、うぬが秋月の指図で動いていることは分かっている」

亀田がくぐもった声で言った。亀田は秋月を呼び捨てにした。秋月が首魁《しゅかい》とみているからであろう。

「なに……」

佐々木は体をひねって背後に目をやった。

だが、亀田の黒い輪郭が闇のなかに見えただけで、だれなのかは分からないようだった。

「うぬらが、牧村どのや荒木屋の番頭を斬ったこともな」

亀田がつづけた。

「……！」

「仲間は清水《しみず》と喜田川《きたがわ》か」

亀田が名を口にした。源九郎たちの知らない名である。

「お、おれは、知らぬ」

佐々木が声をつまらせて言った。明らかに動揺しているのが、分かった。

「どうやら図星だったようだな」

「き、きさま、何者だ！」

叫びざま、佐々木が腰を浮かせ、後ろを振りむこうとして強く身をよじった。

その拍子に、右手が縄から抜けた。これまでの激しい動きで、手首を縛った細引がゆるんでいたようだ。

佐々木は飛び上がるような勢いで立ち上がると、腰の小刀を抜き放った。

「おのれ！」

いきなり、佐々木が菅井に斬りつけた。

刹那《せつな》、菅井の腰が沈み、腰元から閃光がはしった。居合の神速の一刀だった。

稲妻のような斬撃である。

その一颯《いっさつ》が、斬りつけようとして小刀を振り上げた佐々木の脇腹をとらえた。

瞬間、佐々木の体がつっ立った。

ハラリ、と脇腹の着物のあたりが裂けて垂れ、あらわになった肌に血の線がはしった。次の瞬間、血が噴いた。ひらいた傷口から、臓腑が覗いている。

佐々木は獣の咆哮《ほうこう》のような叫び声を上げ、よたよたと歩いたが、足がとまると、ガックリと膝を折った。そして、腹を右腕でかかえるように押さえ、うずくまったまま低い呻き声を洩らした。

「斬ってしまったぞ」

菅井が困惑したように顔をゆがめた。咄嗟《とっさ》の反応で、居合の斬撃をあびせてしまったようだ。

「仕方あるまい。……武士の情けだ、とどめを刺してやれ」

源九郎が言った。

「そうだな」

菅井が佐々木の背から刀身を突き刺した。

グッ、と喉のつまったような呻き声を上げ、佐々木は腰を浮かせて身を反らせたが、菅井が刀身を引き抜くと、前につっ伏した。

刀身を突き刺した傷口から、激しい勢いで血が噴出した。切っ先で、心ノ臓を突き刺したらしい。

いっとき、佐々木は四肢を痙攣《けいれん》させていたが、やがて動かなくなった。絶命したようである。

「訊問しても、佐々木は口を割らなかっただろう」

亀田が低い声で言った。

「そうだな。……ところで、清水と喜田川という男は」

源九郎が訊いた。

「秋月家の家士だ」

亀田によると、ふたりの名は清水久兵衛《きゆうべえ》と喜田川文蔵《ぶんぞう》だという。ふたりとも剣の腕が立ち、秋月家にいないことが多いので、佐々木と同じように目をつけていたそうだ。ただ、確信はなく佐々木に鎌をかけたのだという。

「清水と喜田川のふたりが、刺客かどうか分からないが、どちらかは佐々木の仲間とみていいようだ」

亀田が目をひからせて言った。

「そのようだな」

源九郎も、佐々木が見せた動揺ぶりから、清水と喜田川のどちらかが刺客だろうとみた。ふたりとも、そうかもしれない。

「ひき上げるか」

源九郎が言った。稲荷の境内は深い夜陰につつまれていた。晴天らしく、降るような星空である。

第四章　攻防

一

「お頼みできますか」

荒木屋のあるじの仁左衛門が、訴えるような目をして源九郎を見た。

荒木屋の帳場の奥の座敷だった。源九郎、菅井、仁左衛門の三人が対座していた。この日、荒木屋の手代の吉次郎《きちじろう》が、はぐれ長屋に来て、あるじから折り入ってお願いがあるので、店に来ていただけまいか、との言伝をもってきたのだ。

源九郎は、すぐに承知した。それというのも、仁左衛門に用心棒を頼まれ、そのままにしてあったからである。

「いいだろう」

源九郎は承知した。

「ありがたい。華町さまたちに断られたらどうしようかと思っていたのです」

仁左衛門が、ほっとした顔で言った。

「それで、越野屋のあるじから話があったのだな」

源九郎が訊《き》いた。

「はい、番頭の房蔵さんが来て、そのように話しました」

仁左衛門によると、房蔵があるじの甚五郎からの話として、柿崎藩の蔵元のことでおりいって相談があるので、柳橋の琴浜《ことはま》に来てほしい、と伝えたのである。

琴浜は柳橋でも老舗《しにせ》の料理屋で、富商や大名の留守居役などに利用されることで知られていた。

「琴浜に来るのは、越野屋だけなのか」

源九郎が訊いた。

「柿崎藩の御用人の小松さまも、おみえになるとか」

仁左衛門の顔が曇った。あまりいい話ではないとみているのだろう。

「行かねばならんのか」

「はい、いかような話か存じませんが、柿崎藩の小松さまがおみえになるので、顔を出さないわけにはいきません」

「いつだ？」

「明日でございます」

「分かった。……何か仕掛けてくるかもしれんな」

源九郎は、ただの商談ではすまないだろうと踏んだのだ。考えられるのは、琴浜からの帰りに、刺客一味が仁左衛門の命を狙って襲うことである。

「どうすれば、いいでしょうか」

仁左衛門が、不安そうな顔を源九郎と菅井にむけた。

「帰りは駕籠《かご》を使ってくれ。……あとは、わしらが何とかする」

源九郎は菅井とふたりだけでなく、長屋の連中の手も借りようと思った。多少、金を渡せば、喜んで話に乗ってくるだろう。

「頼りにしております」

仁左衛門は、しばし、お待ちを、と言って、慌てた様子で立ち上がった。そして、そそくさと座敷から出ていった。

いっとき待つと、仁左衛門が袱紗《ふくさ》包みを手にしてもどってきた。

「これは、手付金でございます。無事にすみましたら、あらためてお礼は差し上げます」

そう言って、仁左衛門は袱紗包みを源九郎の膝先に押し出した。

ふくらみ具合から見て、切り餅が四つ、百両はありそうだった。この前と同じだけ包んだらしい。

「遠慮なくいただいておく」

源九郎は、袱紗包みをつかんでふところに入れた。

源九郎と菅井は、荒木屋からはぐれ長屋にもどると、まず、孫六たちを集めた。源九郎の部屋に、菅井、孫六、茂次、三太郎が顔をそろえると、あらためて仁左衛門の依頼を話した。

「それで、あっしらは何をすればいいんで」

茂次が目をひからせて訊いた。

「まず、三人で長屋をまわり、腕っぷしの強い男を集めてもらいたい。金は荒木屋でもらってきたので、十分出せるはずだ」

「金さえ出せば、二十人でも三十人でも集まりますぜ」

茂次が言った。

「そんなには、いらん。十人ほどでいい。それに、逃げ足の速い男がいいな。まともにやり合ったら困るのだ」

源九郎は、実際に手を出させるつもりはなかった。相手は腕の立つ刺客である。まともにやり合ったら一溜《ひとた》まりもないのだ。

「いまから、集めやすか」

孫六が訊いた。

「そうしてくれ」

暮れ六ツ（午後六時）を過ぎていた。出職の者や日傭取《ひようと》りなども長屋に帰っているだろう。まだ、夕めし前の者もいるだろうが、打ち合わせはすぐに終わるはずである。

「行ってきやす」

茂次が腰を上げると、孫六、三太郎がつづいた。

それから、小半刻（三十分）ほど経ち、茂次たち三人が十人の男を連れてきた。ぼてふり、手間賃稼ぎの大工、日傭取りなど、いずれも頑強そうな体軀《たいく》の男たちだった。いくぶん緊張した顔で、好奇の目を源九郎と菅井にむけている。

「明日、仕事を休めない者は引き取ってくれ」

源九郎が言うと、

「仕事なんざァ、いつだって休めやすぜ」

と、忠助《ただすけ》が言った。忠助は手間賃稼ぎの大工である。体付きは並だが、いかにもはしっこそうだった。

忠助につづいて、他の九人がいっせいに明日の仕事を休むことを口にした。

「手間賃は、一両だ」

源九郎はけちったわけではない。長屋の連中に大金を渡すと、分別を失い何をしでかすか分からなくなるのだ。酒を飲むぐらいならいいが、吉原へ出かけて散財したり、賭場へ出かけたりするかもしれない。

「い、一両！」

日傭取りの五平《ごへい》が目を剝き、喉のつまったような声を上げた。他の九人も息を呑んで源九郎に視線を集めている。集まった男たちにとって、一両は思いもしなかった大金だったのである。

「ただし、金を渡すのは、明日の仕事を終えてからだぞ」

源九郎は、金を使うのは明後日にしてもらいたかった。

「分かってまさァ」

五平が声を上げた。

「耳を貸せ」

源九郎は、男たちに策を話した。

「こいつは、おもしれえ」

忠助が目をひからせて言った。他の男たちもやる気十分で、いまから両袖を捲《まく》り上げている者もいる。

「いいか、決して近付くなよ。逃げるのが先だぞ」

源九郎が念を押した。

二

仁左衛門が荒木屋を出たのは、八ツ(午後二時)ごろだった。同行したのは、番頭の重造《しげぞう》と手代の与之吉《よのきち》だった。重造は、二番番頭である。

三人は大川端を川上にむかって歩いた。行き先は、柳橋の琴浜である。

源九郎と菅井は、仁左衛門たちの一町ほど前を歩いていた。通り沿いに目をくばりながら川上にむかって行く。斥候役として、襲撃者らしき者がひそんでいないか見ながら歩いていたのだ。もっとも、源九郎も菅井も、刺客たちが仁左衛門を襲うとしても、帰りだろうとみていた。

風のない晴天で、大川端はいつもより人出が多かった。行商人、供連れの武士、ぼてふり、町娘……、雲水や子供連れの母親の姿もあった。

左手には大川の川面がひろがっていた。午後の強い陽射しに照らされ、川面が油を流したようにひかっている。その川面を、客を乗せた猪牙舟《ちょきぶね》や荷を積んだ艀《はしけ》などが、ゆったりと行き交っていた。

何事もなく、仁左衛門たちは琴浜に着いた。玄関先に水が打ってあり、店の名を染め抜いた暖簾《のれん》が下がっていた。玄関の脇にはつつじの植え込みがあり、籬《まがき》とちいさな石灯籠が置いてあった。老舗の料理屋らしい華やいだ雰囲気のなかにも、しっとりとした落ち着きがある。

源九郎と菅井には、仁左衛門のはからいで別の座敷が用意されてあった。そこで、一杯やりながら仁左衛門たちの話が終わるのを待つのである。

仁左衛門たち三人は、女将《おかみ》の案内で二階の奥の座敷に案内された。そこは上客のための部屋で、他の部屋の宴席の騒ぎが聞こえないよう離れた場所にあった。

座敷の障子をあけると、すでに五人の男が座していた。正面には柿崎藩御用人の小松利兵衛が座していた。右手に、越野屋のあるじの甚五郎、番頭の房蔵、それに手代らしき男が居並んでいた。

「これは、これは、荒木屋さん、ようおいでくだされた」

甚五郎が糸のように目を細めて言った。

五十がらみ、大柄ででっぷり太っていた。赤ら顔で眉が薄く、細い目をしていた。柔和そうな顔だが、仁左衛門にむけられた目には刺すようなひかりが宿っている。

仁左衛門たちが用意してあった座布団に腰を下ろすと、

「荒木屋、息災そうだな」

と、小松が低い声で言った。

四十代半ばであろうか。背の高い痩せた男だった。面長で鼻梁が高く、頤《おとがい》が張っている。

「小松さまこそ、息災そうでなによりでございます」

仁左衛門が、丁寧な物言いで挨拶した。

そこへ、女将と女中が酒肴《しゅこう》の膳を持って入ってきた。仁左衛門たちが腰を落ち着けたら用意するよう話してあったのだろう。

「まず、一献」

甚五郎が銚子を取って、仁左衛門の杯に酒をついだ。そつのない男である。いっとき、その場に座した男たちが喉をうるおした後、

「そろそろ、お話をうけたまわりましょうか」

と、仁左衛門が切り出した。小松や甚五郎を相手に酒を飲んでも、うまくないのである。それに、できれば早く切り上げて明るいうちに店に帰りたかったのだ。

「そうそう、酔わないうちに、話を進めませんとね」

甚五郎は口元に笑みを浮かべたが、目は笑っていなかった。強い目差《まなざし》で仁左衛門を見すえている。

「まず、柿崎藩のお話から進めましょうか」

そう言って、甚五郎は正面に座している小松に目をむけた。

「荒木屋、この前も話したので承知していると思うが、わが藩の取引から手を引いてもらいたいのだがな」

小松が語気を強めて言った。

「その話は、御家老さまや御留守居役さまもご存じなのでしょうか」

仁左衛門が訊いた。柿崎藩にとっても、大事な話のはずである。藩の意向な

ら、家老や御留守居役が出てきて当然である。

「むろん、ご家老や御留守居役どのにも、話してはある」

小松の語尾が細くなった。どうやら、それらしい話はしているが、藩の決定ではないらしい。おそらく、小松が中心になって強引に推し進めようとしているにちがいない。越野屋から、小松に賄賂《まいない》が渡されているのかもしれない。

「小松さま、取引をやめるということになれば、これまでご用立てした金子《きんす》を返済してもらうことになりますが」

仁左衛門は、柿崎藩に一万両ちかい金を貸してあった。藩が年貢以外の米を百姓から買い取るための金や領内の河川の改修普請の費用などを用立ててあったのだ。それらの貸し付け金は、藩の専売米を売却してから返してもらうことになっていた。もっとも、すぐに返せるわけではない。三年の分割払いという約束である。

「そ、それは、返す。当然だ……」

小松が声をつまらせて言った。

すぐに返す当てはないのだろう。越野屋も、一万両ちかい金を即座に用意できるはずはなかった。

「荒木屋さん、そうめくじらを立てないで……。てまえどもも用立てていたしますし、かならずお返ししますよ」

そう言って、甚五郎は銚子を取り、仁左衛門に酒をつごうとした。

仁左衛門は杯を手にせず、

「これは、てまえどもと柿崎藩の話でしてね。越野屋さんとはかかわりがありませんよ」

と、突《つ》っ撥《ぱ》ねるように言った。

「荒木屋さん、てまえどもは荒木屋さんのことを思って言ってるんですよ。荒木屋さんが、いつまでもごねて、柿崎藩から手を引かないなら、てまえどもにも考えがあります」

甚五郎の顔から笑みが消えていた。柔和そうな顔が一変して、凄《すご》みのある顔になった。これが、甚五郎の本来の顔なのであろう。

「考えというのは、何です？」

仁左衛門が甚五郎に目をむけた。

「荒木屋さんは、江田藩《えだはん》や篠崎藩《しのざきはん》とも取引がございますね」

「……！」

仁左衛門の顔から血の気が引いた。

江田藩は出羽国《でわのくに》の十二万石の大名だった。また、篠崎藩は駿河国《するがのくに》の八万石の大名である。荒木屋は両家の蔵元をしているわけではなかったが、藩米や特産品の廻漕を引き受けていたのだ。荒木屋にとっては大事な取引先である。

「両藩の取引を、うちでうけたまわってもかまいませんよ」

甚五郎が仁左衛門を見すえて言った。

「脅しですかな」

仁左衛門は恐怖を感じた。甚五郎ならやり兼ねないと思ったのである。それに、仁左衛門は、甚五郎によって得意先を奪われ、店を潰された船問屋や廻船問屋があることを知っていたのだ。

「脅しなどと、人聞きの悪い。忠告ですよ」

そう言って、甚五郎は口元に薄笑いを浮かべた。

男たちが口をつぐみ、いっとき、座は重苦しい沈黙につつまれていた。

「荒木屋、お上のご意向もあるのだぞ」

小松が低い声で言った。

「てまえどもは、そのようなお話は聞いておりませんが」

仁左衛門は公儀から何の話も聞いていなかった。

「いずれ分かる。……わが藩から手を引いた方が、荒木屋のためだ」

「お上から何か話があったときは、考えましょう。お上のご意向には、さからえませんからね」

仁左衛門は腰が落ち着かなかった。これだけ言い立てられると、柿崎藩から手を引かざるを得ないような気になってくる。

「荒木屋さんとは、同業だ。仲良くやりましょうよ」

甚五郎が言った。声に小馬鹿にしたようなひびきがあった。

それから、小半刻（三十分）ほどして、仁左衛門は腰を上げた。まだ、話は済んでなかったが、追い詰められ、これ以上いると甚五郎と小松の言い分を飲まざるを得なくなるような気がしたのだ。

「夜道に、気をつけてくださいよ」

甚五郎が、立ち上がった仁左衛門たちに声をかけた。口元に薄笑いが浮いている。

それには答えず、仁左衛門は座敷を出た。

三

玄関から出ると、店の外は濃い暮色に染まっていた。源九郎と菅井は先に琴浜を出て、通りで仁左衛門の乗る駕籠が来るのを待っていた。

「華町、やつら、仕掛けて来るかな」

菅井が訊いた。

「来るな。そのために、琴浜に仁左衛門を呼んだような気がする」

甚五郎には、仁左衛門を説得する目的もあったのだろうが、説得に応じなければ、帰りに命を奪う狙いもあったにちがいない、と源九郎はみていたのだ。

「おれたちが、駕籠の警固についていることを気付いたはずだぞ」

菅井が源九郎に顔をむけて言った。

「気付いただろうな」

「それでも、仕掛けて来るとみるか」

「来る。やつら、おれたちふたりを始末するいい機会と思うかもしれん」

「うむ……」

菅井がけわしい顔をした。

ふたりで、そんなやり取りをしているところへ、仁左衛門の乗る駕籠が来た。辻駕籠である。駕籠の脇に、重造と与之吉がついていた。駕籠の先棒についてい る小田原提灯《ちょうちん》が、夕闇のなかで揺れている。

源九郎と菅井は、駕籠の先棒の前についた。ふたりは通りの左右に目を配りながら歩いていく。駕籠は賑やかな両国広小路を抜け、大川にかかる両国橋を渡って本所へ出た。

竪川にかかる一ッ目橋を渡って大川端へ出ると、川沿いの道を下流にむかった。すでに、大川端は夜陰に染まっていたが、西の空には残照があり、提灯はなくとも歩けた。まだ、通り沿いの家並や川岸の柳の輪郭は、はっきりと識別できる。

駕籠は御舟蔵の脇を通って、新大橋のたもとにさしかかった。さらに、小名木川にかかる万年橋の方へ進んでいく。

ふだんなら、暗くなるとほとんど人影はないのだが、どういうわけか、通りにはぽつぽつと人影があった。ぼてふり、職人ふうの男、船頭らしい男などが、駕籠の前後を一町ほど間をとって歩いている。

男たちは、はぐれ長屋の住人だった。源九郎が頼んだ男たちである。通り沿いに身を隠していて、源九郎と菅井が警固についている駕籠が通りかかったら前後を歩くよう話してあったのだ。

駕籠は万年橋を渡り、清住町へ入った。夜陰のなかに、永代橋が迫ってきた。上空には、星のまたたきが見えた。通り沿いの表店《おもてだな》は大戸をしめ、ひっそりと静まっている。

「そろそろだな」

源九郎が小声で言った。

刺客一味が仕掛けて来るとすれば、この辺りだとみていたのだ。

「三人で仕掛けて来るかな」

菅井が小声で言った。佐々木を斃《たお》したため、刺客たちは三人になったはずである。

「どうかな」

刺客たちは、駕籠に源九郎と菅井がついていることは承知しているはずだ。三人だけでは、戦力不足とみるかもしれない。

仙台堀にかかる上ノ橋を渡ってすぐだった。源九郎は、川沿いの柳の樹陰に人影があるのに気付いた。

「おい、柳の陰にひとりいるぞ」

源九郎が声を殺して言った。まだ、黒い人影が識別できるだけで、武士なのか町人なのかも分からなかった。

「表店の軒下にもいる」

菅井が言った。

見ると、半町ほど先の軒下闇にも人影があった。武士であることが分かった。袴姿で二刀を帯びていることが見てとれたのだ。

「その先にも、いるぞ」

菅井が声を殺して言った。二軒先の軒下にも、人影があった。そこには、ふたりいるようだ。

仁左衛門の乗る駕籠はとまらなかった。まだ、駕籠かきは気付いていないようだ。駕籠は小田原提灯を揺らしながら進んでいく。

源九郎は左手で刀の鍔元《つばもと》をにぎり、鯉口を切った。菅井も、左手を鍔元に添えている。

そのとき、岸際の樹陰と表店の軒下闇から人影が飛び出した。

七人いる。思ったより大勢だ。

「華町、七人もいるぞ！」

菅井が昂《たかぶ》った声を上げた。

その声と、走り寄る人影を見て、駕籠かきが悲鳴を上げて立ち竦《すく》んだ。

駕籠の脇にいた重造が、

「駕籠を岸近くへ！」

と、怒鳴った。

すぐに、与之吉が先棒を押すようにして駕籠を岸近くへ寄せた。襲撃者があらわれたらそうするように源九郎が話しておいたのだ。

ふたりの駕籠かきは、恐怖に顔をゆがめたが、駕籠を置いて逃げ出すようなことはなかった。駕籠かきにも、襲われるようなことがあるかもしれないと話してあり、酒代も奮発してあったのだ。

駕籠は川岸近くに置かれた。その背後に駕籠かきがまわり込み、重造と与之吉が脇に身をかがめた。

源九郎と菅井が駕籠を守るように前に立った。

物陰から飛び出した男たちが、ばらばらと駆け寄ってくる。

「武士は三人だけだぞ！」

源九郎が、声を上げた。

二刀を帯びている男は三人だけだった。黒の頭巾をかぶって顔を隠していたが、その体軀に見覚えがあった。巨軀の男がいる。他のふたりも、源九郎たちを襲った刺客である。

三人以外は町人体だった。闇に溶ける黒や茶の小袖を裾高に尻《しり》っ端《ぱし》折《しょ》りし、黒布で頰っかむりしていた。

巨軀の武士が源九郎の前に立ち、他のふたりは、菅井の左右にまわり込んできた。四人の町人は、駕籠を大きく取りかこむように立った。手にした匕首《あいくち》が、夜陰のなかでにぶくひかっている。四人とも血走った目をしていたが、腰は引けていた。こうした喧嘩に慣れていないらしい。ならず者ではないようだ。

「爺《じい》さん、今日こそ、命はもらったぞ」

巨軀の武士が、くぐもった声で言った。源九郎を見すえた双眸《そうぼう》が、夜陰のなかで底びかりしている。痺《しび》れるような殺気をはなっていた。

「罠《わな》にかかったのは、おぬしたちだぞ」

源九郎が言った。

「なに！」

「駕籠を守っているのは、わしらふたりとみたのか」

源九郎がそう言うと、巨軀の武士が通りの左右に目をやった。

通りの左右に人影があった。夜陰のなかを、ひとり、ふたりと足音を忍ばせて近付いてくる。はっきりしないが大勢である。その黒い人影は、左右から獲物に迫る狼の群れのように見えた。

「なにやつだ！」

巨軀の武士が、声を上げた。他のふたりの武士も左右に目をやった。動揺したのか、身構えがくずれている。

「わしらの仲間だよ」

言いざま、源九郎が抜刀した。白刃が、夜陰のなかで銀色《しろがねいろ》の弧を描いた。

それが合図だった。通りの左右から、ワアッ！　という喚声が上がり、走り寄る大勢の足音がひびいた。通りが夜陰にとざされているため、人影がはっきり識別できず、大勢で押し寄せてきたように感じられた。

「やっちまえ！」

声を上げたのは茂次だった。

と、人影が足をとめ、いっせいに何かを投げた。

石礫《いしつぶて》だった。夜陰のなかから、駕籠をとりかこんだ町人や三人の武士にむかって石礫を投げつけたのだ。

ギャッ、と絶叫を上げて、町人体のひとりが身をのけ反らせた。石礫が背中に当たったらしい。次々に石礫が飛来した。石礫が地面に転がる音、大気を裂く音、着物に当たる音などがあちこちで起こった。

暗がりから飛んでくる石礫をかわすのはむずかしい。駕籠を取りかこんだ男たちから、次々に悲鳴や叫び声が上がった。

「ひ、引け！」

巨軀の武士が叫んだ。

その声で、ふたりの武士と四人の町人が反転した。巨軀の武士につづいて、川下の方へむかって駆けだした。

襲撃者たちが逃げる方向にいた長屋の男たちは、いそいで物陰や町家の路地へ走り込んだ。初めから逃げる手筈《てはず》になっていたのである。

襲撃者七人の姿が闇のなかに遠ざかると、通りの左右から長屋の男たちが源九郎たちのいる駕籠の方へ歓声を上げて駆け寄ってきた。まるで、合戦にでも勝ったような騒ぎである。

そのなかに、孫六、茂次、三太郎の三人の姿はなかった。

四

孫六たち三人は、駕籠を襲った七人の男を尾《つ》けていた。源九郎の策は、襲撃者たちを撃退するだけではなかったのだ。あらわれた襲撃者たちを尾行し、それぞれの行き先をつかむのである。

孫六たちは、通り沿いの軒下や樹陰の闇をたどりながら、七人を尾けた。それほどむずかしい尾行ではなかった。相手は大勢だったし、月光にその姿が浮かび上がったように見えていたからである。

永代橋のたもとで、七人の男が別れた。ふたりの武士がそのまま川下へむかって歩き、町人四人と武士ひとりが、永代橋を渡り始めた。

「おれが、ふたりを尾ける。おめえたちふたりで、橋を渡ったやつらを尾けてくんな」

孫六が言った。

ふたりの武士のうち、ひとりは巨軀だった。霞颪《かすみおろし》を遣う武士である。もっとも、孫六は巨軀の武士が霞颪を遣うことまでは知らなかった。

「気をつけろよ、とっつァん」

そう言い残し、茂次と三太郎が走りだした。すでに、橋を渡った五人の姿が見えなくなっていたのだ。

茂次と三太郎は、小走りに永代橋を渡った。

「三太郎、あそこだ」

茂次が指差した。五人の男は橋を渡り終えていた。道沿いにあった稲荷の前を通り、新堀町《しんぼりちょう》の町筋を行徳《ぎょうとく》河岸の方へむかって歩いていく。

茂次と三太郎は、五人の跡を尾けた。すでに、町筋は夜の帳《とばり》につつまれ、通りに人影はなかった。

前を行く五人は、行徳河岸から日本橋川沿いの通りへ出た。そこは小網町である。五人は小網町の通りをしばらく歩き、土蔵造りの二階立ての店舗の前で足をとめた。そこは、越野屋の店先だった。

「やっぱり、越野屋のやつらだぜ」

茂次と三太郎が、表店の軒下に身を寄せて目をやると、五人のうち町人三人が、越野屋の店の脇のくぐりからなかへ入った。町人三人は、越野屋の奉公人のようである。

武士と町人ひとりは、そのまま越野屋の前を通り過ぎ、日本橋川沿いの道を足早に川上にむかった。

「尾けるぜ」

茂次と三太郎は、軒下から出てふたりの跡を尾け始めた。

前を行くふたりは、入堀にかかる思案橋のたもとで別れた。町人はそのまま橋を渡り、武士は右手にまがって入堀沿いの道をたどっていく。

「三太郎、おめえは橋を渡ったやつを尾けてくれ」

茂次が言った。

「分かった」

茂次と三太郎は、小走りになった。橋を渡った町人の姿は見えていたが、右手にまがった武士は見えなかったのだ。

茂次たちは思案橋のたもとまで来た。入堀沿いの通りに目をやると、武士の姿が見えた。足早に歩いていく。

「いたぜ」

茂次はすぐに右手にまがった。三太郎は、そのまま橋を渡っていく。

茂次は小走りになって、武士との間をすこしつめた。通りが細くなったせいか、闇が濃くなったように感じられたのである。

……やろう、どこまで行く気だい。

茂次は足音を忍ばせて武士を尾けた。間がつまったので、気を使ったのである。

武士は堀沿いの道をいっとき歩き、親父橋のたもとで右手にまがった。そこは狭い路地で、通り沿いには小体《こてい》な店や表長屋などが軒をつらねていた。人影はまったくない。

路地は浜町堀に突き当たった。武士は浜町堀沿いの道を左手にまがり、両国方面へ歩いていく。

しばらく歩くと、武士は浜町堀にかかる高砂橋を渡った。そして、大名屋敷の脇を抜けて家屋敷のつづく路地へ入った。小身の旗本や御家人の武家屋敷が軒を連ねている。

武士は路地を一町ほど歩き、路地沿いにあった板塀でかこまれた屋敷のなかへ入っていった。小体な屋敷だった。禄の低い武士の家らしい。

「ここがやつの塒《ねぐら》かい」

茂次は板塀のそばに身を寄せた。

かすかに灯明が洩《も》れていたが、物音も話し声も聞こえなかった。茂次は板塀に身を寄せてなかの様子を窺《うかが》ったが、しばらくしてその場を離れた。その場で様子を窺っていても無駄だと思ったのである。

そのころ、三太郎は小舟町《こぶなちょう》の細い路地に立っていた。すぐ前に、長屋へつづく路地木戸があった。尾けてきた町人は、その路地木戸からなかへ入っていったのだ。

……明日だな。

と、三太郎は思った。いまから長屋に踏み込んで、話を訊くわけにはいかなかった。路地沿いの店は表戸をしめて寝静まっていた。付近に人影もない。明日出直すしかなかったのである。

ただ、三太郎は明日来ても尾けてきた男の正体をつきとめるのはむずかしいと思った。頬っかむりしていたので、顔も見えなかったし、衣類にもこれといった特徴はなかった。年格好すら分からなかったのである。

……体付きだけだな。

三太郎は、跡を尾けてきた男が痩せていて、すこし猫背だったのを目にしていた。あるいは、体付きから、その男と分かるかもしれない。

一方、ふたりの武士の跡を尾けた孫六は、深川熊井町《くまいちょう》の路地で悔しそうに顔をしかめていた。せっかくここまで跡を尾けてきたのに、路地に入って間もなく、ふたりの武士の姿を見失ってしまったのだ。

ふたりの武士は、熊井町に入って間もなく、大川端の表通りから左手の細い路地へ入った。

孫六は走った。ふたりの姿が、見えなくなったからである。路地の角まで来ると、表店の軒下に身を寄せて路地の先に目をやった。細い路地だった。路地沿いの家の陰で、闇が深かった。

……いねえ！

孫六は闇に目を凝らしたが、ふたりの姿は見えなかった。

孫六は路地へ走り込んだ。一町ほど走ると、細い四辻に突き当たった。孫六は四辻のなかほどに立って、四方に目をやったが、どこにも武士の姿はなかった。

……逃げられた！

孫六は路地の隅に立ったまま顔をしかめた。くやしかった。番場町の親分と呼ばれた元岡っ引きが、尾行に失敗したのである。武士にまかれたのか、それとも入り組んだ路地のせいで見失ったのか、孫六には分からなかったが、いずれにしろ尾行に失敗したことだけは確かである。

……なんてえざまだい。長屋の連中に顔を合わせられねえ。

孫六はうなだれたまま、夜の静寂《しじま》につつまれた路地をとぼとぼと歩きだした。

五

「面目ねえ。もらった金の半分は返《けえ》すぜ」

孫六が肩を落として言った。皺《しわ》の多い顔がゆがんで、梅干のようになっている。

「何を言ってる。ふたりの住処《すみか》が、熊井町にあると分かったんだ。それだけ分かれば、つきとめられるはずだ」

源九郎が慰めるように言った。

源九郎の部屋だった。孫六たち三人が尾行した翌日である。それぞれの家で朝めしを食い終えると、源九郎の部屋へ集まってきたのだ。

「でもよォ、あそこまで尾けて見失っちまっちゃァ、旦那方に合わせる顔がねえや」

　孫六が洟《はなみず》をすすり上げながら言った。

「孫六、ふたりのうちひとりは巨軀だったのだな」

　源九郎が念を押すように訊いた。

「へい、図体のでけえやつでした」

「その男だよ、一味の頭は」

　霞颪を遣う男だろう、と源九郎はみた。

「へえ」

　孫六はうなだれたままである。

「孫六、頼みがある」

「なんです？」

　孫六が顔を上げた。

「そいつの塒をつきとめてくれ。何としてもそいつを討ちたいのだ。なに、孫六ならできる。……住処は熊井町らしいと分かってるんだ。それに、武士の体付きもつかんでいる。孫六ならできると思うがな」

　源九郎が言いつのった。

すると、脇で聞いていた茂次が、

「そうとも、番場町の親分と呼ばれていたとっつァんならできるはずだぜ」

と、声を大きくして言った。

孫六の背筋が伸びてきた。源九郎を見つめた目に、強いひかりが宿っている。

「そこまで言われちゃァやらねえわけには、いかねえなァ」

孫六が目をつり上げて言った。元岡っ引きらしい面構えにもどっている。

「よし、一味の頭のことは孫六にまかせた。……わしらは、他の連中の正体をつきとめよう」

そう言って、源九郎が茂次と三太郎に顔をむけ、昨夜の様子を話してくれ、とうながした。

「あっしは、もうひとりの跡を尾けやした」

と茂次が前置きして、思案橋のたもとから尾行した道筋から、板塀をめぐらせた小体な武家屋敷に入ったことまでを話した。

「今日にでも、そいつの名と身分をつかんできやすぜ」

茂次が言い添えた。

つづいて、三太郎が町人の跡を尾けたことから、男が長屋に入ったことまでをかいつまんで話した。

「おれも、なんとか男の名を聞き込んできやす」

三太郎は、男の顔付きも分からないので、すぐには無理かもしれないと小声で言い添えた。

「茂次と三太郎はひきつづき、ふたりを探ってくれ」

源九郎が言うと、黙って聞いていた菅井が、

「ところで、華町、おれとおまえはどうする？」

と、訊いた。菅井も、長屋にくすぶっていたくないらしい。

「わしは孫六といっしょに、熊井町に行ってみたいんだがな。……霞颪を遣う男なら、後ろ姿でも分かるからな」

源九郎は、孫六にまかせるつもりでいたが、巨軀の男と立ち合っている自分なら役に立つだろうと思いなおしたのだ。

「そいつは、ありがてえ」

孫六が目を細めた。孫六は源九郎と探索に歩くことを好んでいた。歳もあまりちがわないこともあって、妙に気が合ったのだ。

源九郎には他の思いもあった。孫六によると、ふたりの武士の行き先が、熊井

町で分からなくなったという。下手に熊井町を聞き歩いて、刺客一味に気付かれると孫六が狙われる恐れがあったのだ。

「おれは、荒船にでも会って、その後の様子を訊いてみるかな」

菅井が言った。

「そうしてくれ」

菅井は荒船よりも久し振りに義妹の伊登に会って話したいのであろう、と源九郎は推測した。

ひととおり、話が終わると、源九郎たち五人は長屋を出て、それぞれの目的地へ散っていった。

源九郎は孫六とふたりで、熊井町へむかった。大川端を川下にむかって歩きながら、源九郎は巨軀の武士のことを話し、

「熊井町で消えたふたりだが、幕臣ではないようだな」

と言い添えた。熊井町は町人地で、付近に幕臣の屋敷はなかったような気がしたのだ。

「牢人にも、見えなかったなァ」

孫六が首をひねった。

「わしも、牢人とはみなかったぞ」

「どこかの大名の家来ですかね」

「そうとも思えん」

幕臣の秋月が、大名の藩士を抱えているとは思えなかった。

「つぶれ御家人かもしれやせんね」

「そうだな。……いずれにしろ、居所が知れれば、正体もはっきりするだろう」

そんなやり取りをしながら、源九郎と孫六は熊井町にむかった。

ふたりが熊井町に入ったのは、四ツ（午前十時）ごろだった。だいぶ、陽射しが強くなっている。

ふたりでしばらく大川沿いの通りを歩いてから、孫六が路傍に足をとめ、

「旦那、あの路地でさァ」

と言って、指差した。

小体な八百屋と古着屋の間に狭い路地があった。

「行ってみよう」

源九郎と孫六は路地に踏み込んだ。

路地の左右には、小体な店や表店などが目についたが、仕舞屋《しもたや》や空き地なども

あった。雑多な路地で、ぼてふり、風呂敷包みを背負った行商人、職人ふうの男、長屋住まいの女房らしい女などが行き交い、路地木戸の前や空き地などで子供たちが遊んでいた。どこででも見かける江戸の裏路地である。

一町ほど歩くと、四辻に突き当たった。

「昨夜《ゆうべ》、あっしは、ここまで来たんでさァ」

そう言って、孫六はそれぞれの路地に目をやった。

「うむ……」

巨軀の武士の住処は辺りにありそうだったが、まったく見当もつかなかった。

「どうだ、近くの店で訊いてみるか」

源九郎が言った。

六

四辻の角に、草履屋があった。店先に、麻裏草履や雪駄《せった》、裏店の子供が履く竹皮草履などが並んでいた。店先に親爺らしい男がいて、手にした草履を台の上に並べていた。

「あいつに、訊いてみやしょう」

そう言って、孫六が草履屋に近付いた。

源九郎は孫六に跟《つ》いていった。聞き込みは、孫六にまかせようと思ったのである。

「ごめんよ」

孫六が親爺に声をかけた。

「なんです?」

親爺が怪訝《けげん》な顔をして源九郎たちを見た。年寄りの町人と牢人ふうの男の組み合わせが、腑に落ちなかったのかもしれない。

「ちょいと、訊きてえことがあってな」

孫六がふところから十手を取り出した見せた。探索や聞き込みのおりには、むかし遣った十手をふところに忍ばせて持ち歩いていたのだ。

「親分さんですかい」

親爺の顔には、まだ怪訝な色が残っていた。孫六を見て、岡っ引きにしては歳を取り過ぎていると思ったのかもしれない。

「この辺りに、お侍の住居《すまい》はねえかい」

孫六は屋敷と言わなかった。借家や長屋住まいかもしれない、との思いがあったからだろう。

「お侍の住居といわれてもねえ」

親爺は首をひねった。

「図体のでかい侍でな。御家人のような格好をしていることが多いな」

さらに、孫六が言った。

「この先に、大柄なお侍が住んでる家があると聞いた覚えがあるが」

親爺が、右手の路地を指差した。

「どんな家だ」

後ろから源九郎が訊いた。

「借家らしいですよ。前を通って見ただけだから、はっきりしたことは分からねえが……」

親爺は首をひねった。

「行ってみるか」

源九郎が言うと、孫六がうなずいた。

ふたりは草履屋の店先を離れると、親爺が指差した路地へ足をむけた。しばらく歩くと、通り沿いの小店や表長屋などはまばらになり、空き地や笹藪《ささやぶ》などが多くなった。人影もすくなくなり、鳥の鳴き声や風が笹藪を揺らす音などが耳についた。

「それらしい家はないな」

源九郎は通り沿いの家屋に目をやりながら歩いたが、借家ふうの家はなかった。

「あの八百屋で、訊いてみやすか」

孫六が前方を指差した。

小体な八百屋があった。店先の台に青菜、葱《ねぎ》、笊《ざる》に入った豆類などが並んでいたが、客の姿はなかった。

店先から覗くと、初老の男が奥の狭い板敷の間の框《かまち》に腰を下ろしていた。首を垂れている。居眠りでもしているのかもしれない。

「ごめんよ」

孫六が声をかけた。

男が、ビクッとして顔を上げた。慌てた様子で腰を上げ、店先を覗くように見た。

「お、お待ちを」

喉につまったような声で言い、男が戸口に出てきた。腰をかがめて、揉み手をしている。源九郎たちを客と見たのかもしれない。

「ちょいと、訊きてえことがあってな」

孫六はふところから十手を出して見せた。

「お上のご用ですかい」

男が肩を落として言った。客ではないと分かったからであろう。

「この辺りに、大柄なお侍が住んでる借家があると聞いてきたんだがな」

孫六が訊いた。

「ありやすよ」

男は、呆気《あっけ》なく答えた。

「どこだ？」

「この先、一町ほど歩くと、竹藪のむこうに板塀をめぐらせた家がありやしてね。そこに、お侍が住んでいやすよ」

「独り暮らしかい」

「二年ほど前まで、ご新造さんといっしょだったが、いまは独りのようでさァ」

「お侍が訪ねてくることはねえかい」

「ときどき、別のお侍と連れだって歩いているのを見かけやすから、家にも寄るんじゃァねえかな」

男がそう答えたとき、源九郎が孫六の後ろから、

「その武士の名は、なんというな」

と、訊いた。

「たしか、立川《たてかわ》さまとか……」

男は語尾を濁した。はっきりしないらしい。

それだけ訊くと、源九郎と孫六は、八百屋を出た。

男が言っていたとおり、路地を一町ほど歩くと竹藪があった。その先に板塀をめぐらせた仕舞屋がある。

近くまで行ってみると、家は路地からすこし離れていた。空き地のなかに小径があり、板塀の枝折《しお》り戸の前までつづいている。

路地から見ると、家のまわりに人影はなかった。ひっそりとしている。

「旦那、行ってみやすか」

孫六が小声で訊いた。

「そうだな」

源九郎たちは、辺りの気配をうかがいながら小径をたどって板塀に近付いた。

ふたりは、板塀に身を隠し、塀の隙間からなかを覗いてみた。戸口の引き戸はしまっていた。狭い庭があり、庭に面して廊下があった。その先の障子もたててある。

耳を澄ませたが、物音も話し声も聞こえなかった。人のいる気配がない。

「旦那、ちょいと、覗いてきやすよ」

そう言い残し、孫六がその場を離れた。

孫六は足音を忍ばせ、枝折り戸を押して敷地内に入った。そして、廊下の脇の戸袋に身を寄せて、なかの様子をうかがった。

孫六はいっとき戸袋のそばにいたが、そのまま源九郎のそばにもどってきた。

「留守ですぜ」

「そのようだな」

立川なる武士は出かけたのだろう、と源九郎は思った。

それから、源九郎たちは半刻（一時間）ほど、板塀の陰で家の主が帰ってくるのを待ったが、姿をあらわさなかった。

「孫六、そばでも食うか」

源九郎は腹がへっていた。すでに、陽は西の空にかたむいている。八ッ（午後二時）は過ぎているだろう。

「へい」

孫六が相好をくずした。孫六も腹がへっていたようだ。

源九郎たちは路地をたどり、人影の多い通りまでもどってそば屋を見つけた。酒好きな孫六のために小女に酒を頼んだ。ふたりで喉をうるおしてから、そばで腹ごしらえをするつもりだった。

小女が注文したそばを運んできたとき、源九郎がそれとなく、立川の名を出して訊くと、

「立川さまなら、知ってますよ」

と、答えた。小女によると、立川はときおり店に姿を見せるという。

「名は分かるかな」

源九郎が声をあらためて訊いた。

「立川宗十郎《そうじゅうろう》さまです」

「御家人かな」

「さァ」

小女は首をひねった。

それから、源九郎は立川の家族や仲間のことなどを訊いたが、小女は首を横に振るばかりだった。立川はひとりでくることが多く、あまり話をしないという。その後、小女とのやり取りで、分かったことといえば、立川の亡くなった妻女が、さえという名であることぐらいだった。

そば屋から出た源九郎たちは、念のためもう一度借家に立ち寄り、なかの様子をうかがったが、やっぱり留守だった。

「旦那、出直しやしょう」

孫六が言った。

「明日だな」

源九郎と孫六は、明日出直すことにした。

七

翌朝、源九郎は朝めしを済ませ、座敷で茶を飲んでいた。陽はだいぶ高くなっていた。戸口の腰高障子が白くかがやいている。五ツ半（午前九時）ちかいのではあるまいか。

昨日、源九郎は孫六といっしょに熊井町まで遠出し、歩きまわったこともあって、今朝遅くまで寝てしまったのだ。もっとも、今日、孫六に熊井町へ行くのは午後からにしようと話してあったので、時間は十分にある。

そのとき、戸口に走り寄る足音がした。ふたりらしい。

腰高障子があいて、菅井が姿を見せた。その後ろに、荒船が立っていた。ふたりの顔がこわばっている。

「華町、斬られたようだぞ！」

菅井が土間に足を踏み入れるや否や言った。つづいて、荒船も土間に入ってきた。

「だれが、斬られたのだ」

「か、亀田どのです」

脇から荒船が言った。声が震えを帯びている。

「なに、亀田どのが！」

源九郎は思わず声を上げた。胸の底に、亀田や荒船が狙われるのではないかという一抹の懸念はあったが、現実のものとなったようだ。

「それで、相手は？」

「分かりませんが、刀傷から牧村どのを斬った下手人ではないかと」

荒船が昂《たかぶ》った声で、亀田どのは眉間を割られていました、と言い添えた。

「霞颪か！」

源九郎の脳裏に巨軀の武士がよぎった。

「いかさま」

「それで、場所は？」

源九郎が訊いた。まだ、死体が引き取られていないなら、見てみようと思ったのである。

「柳原通りです。亀田どのの死体は、佐々木を斬った稲荷の近くに置かれていました」

「報復か」

刺客一味が、佐々木の報復と御徒《おかち》目付の探索を阻止するために、亀田を狙ったのであろう。

「華町、行ってみないか」

「まだ、亀田どのの死体は稲荷のそばにあるのか」

「あるはずです」

荒船は、利根吉から報《し》らせを受け、ここへ来る途中、柳原通りに立ち寄って亀田の死体を見たという。

「行こう」

源九郎たちが戸口から出ると、そこへ、孫六が駆け寄ってきた。菅井たちの姿でも見かけたのだろう。

「だ、旦那方、どうしやした」

孫六が声をつまらせて訊いた。

「亀田どのが斬られたようだ。孫六、いっしょに来い」

「へい」

源九郎たち四人は、長屋の路地木戸から表通りへ飛び出した。

柳原通りへの道すがら、源九郎は亀田のことを訊いた。

「亀田どのは、ひとりで柳原通りを通りかかったのか」

「そのようです。清水久兵衛を探っていたようです」

荒船が言った。

清水は秋月家の家士だった。剣の腕が立ち、秋月家の屋敷にいないことが多いことから亀田たちが刺客一味ではないかとみて、探っていたのである。

「清水の居所が知れたのか」

「浜町堀の高砂橋の近くだと聞いています」

「なに！」

思わず、源九郎が声を上げた。

茂次が跡を尾けた武士の住居がそこだった。茂次が尾けた男が、清水久兵衛だったのである。

源九郎がそのことを話すと、荒船、菅井、孫六の三人も驚いたような顔をした。

「旦那、これで、刺客一味のひとりがはっきりしやしたぜ」

と、孫六が言った。

「そうだな」

源九郎も三人の刺客の正体が、見えてきたような気がした。

秋月家の家士の清水久兵衛。まだはっきりしないが、やはり秋月家の家士の喜田川文蔵。それに、霞颪を遣う巨軀の武士である。巨軀の武士の名は立川宗十郎らしいが、まだ確信はない。いずれにしろ、三人とも秋月とかかわりがあることはまちがいないだろう。

「亀田どのは、清水の身辺を探りにいった帰りに、襲われたのではないかとみています」

亀田の家は下谷にあり、浜町河岸近くから帰るには、柳原通りへ出て神田川にかかる和泉橋を渡って下谷へ出る道筋を通るそうだ。そのさい、刺客一味に待ち伏せされて、斬られたのではないかという。

「うむ……」

そういえば、昨日、熊井町の仕舞屋に立川宗十郎はいなかった。亀田を斬るために仲間といっしょに柳原通りへ来ていたのではあるまいか。

「荒船どの、立川宗十郎なる者を知っているか」

柳原通りを歩きながら、源九郎が訊いた。

「立川宗十郎……。噂を聞いた覚えがあります」

荒船が言った。

「何者なのだ」

「ずいぶんむかしのことで、くわしいことは知りませんが、秋月がまだ御書院御番与力だったころ、立川も同じ与力だったはずです。……亀田どのから聞いたのですが、なんでも、立川は酒席でからまれた同僚を斬り、御役御免になったとか」

「剣の腕は？」

「強いとの噂はありましたが、それがしもくわしいことは……」

荒船によると、亀田も、十年以上も前の話なのでよく覚えていなかったそうだ。

……立川が霞颪を遣う男のようだ。

と、源九郎は確信した。おそらく、秋月は御書院御番与力だったころ立川と知り合ったのだろう。

これで、霞颪を遣う男は立川であり、秋月とつながっていることもはっきりした。

「ところで、立川だが、何流を遣うか知っているか」

源九郎は剣の流派が分かれば、立川の人柄や霞颪がどのような剣なのかもはっきりするだろうと思った。

「そういえば、立川は若いころ松田町《まつだちょう》の道場に通っていたらしいと亀田どのから聞いた覚えがありますが……」

記憶がはっきりしないらしく、荒船が首をひねりながら言った。

「直心影流《じきしんかげりゅう》の桑山《くわやま》道場か」

源九郎は、日本橋松田町に直心影流を修行した桑山武左衛門《ぶざえもん》が町道場をひらいていることを知っていた。大きな道場ではないが、稽古が荒いことで知られている。

……桑山道場で訊いてみるか。

源九郎は、父の敵を討とうとしている牧村のためにも、立川がどんな男なのか、つかんでおきたかったのだ。

そんなやり取りをしているうちに、源九郎たちは和泉橋のたもとまで来ていた。

柳原通りは賑わっていた。様々な身分の老若男女が行き交い、通り沿いにある古着を売る床店には、大勢の客がたかっていた。近頃、雨が降らないせいか、通りに靄《もや》のような砂埃《すなぼこり》がたっている。

前方右手の堤の先に、稲荷の杜《もり》が見えてきた。杜の深緑が、黒ずんだように靄に霞んでいる。

稲荷の境内の隅に人だかりがしていた。岡っ引きらしい男の姿もあったが、武士が多かった。柳瀬、牧村、柏崎家に仕える倉林、他に御家人らしい身装《みなり》の武士が十数人いた。後で分かったことだが、御徒目付と御小人《おこびと》目付、それに柏崎家に仕える若党たちが集まっていたのだ。いずれも悲愴《ひそう》な顔をして立っている。

源九郎たちが近付くと、柳瀬がそばに来て、

「見てくれ」

と言って、足元を指差した。

倉林たち数人の武士が立っている足元に、羽織袴姿の武士が仰向けに倒れていた。亀田である。亀田は額を割られていた。柘榴《ざくろ》のように割れた傷口から、白い頭骨が覗いている。顔は赭黒《あかぐろ》い血に染まり、眼球が飛び出したように白く浮き上がって見えた。なんとも、凄惨《せいさん》な死顔である。

……霞颪にやられたのだ！

源九郎は死体を一目見て分かった。下手人は、立川宗十郎であろう。

「牧村どのにつづいて、亀田どのだ」

柳瀬が悲痛な声で言った。

すると、柳瀬の脇にいた牧村慶之助が、

「お、おのれ！……このままにはしておかぬぞ」

と、声を震わせて言った。顔が蒼ざめ、目がつり上がっている。亀田の悽愴《せいそう》な死顔を見て、父の死顔を思い浮かべたのかもしれない。

源九郎は、早く立川たちを斬らねば、また犠牲者が出るだろうと思った。

第五章　隠れ家

一

源九郎ははぐれ長屋を出ると、竪川沿いの道を両国方面に足をむけた。日本橋松田町の桑山道場に行くつもりだった。源九郎は、いつもとちがって羽織袴姿だった。長屋の長持にしまっておいたよそゆきである。長屋でふだん身につけている粗末な衣装では、道場で相手にされないと思ったのだ。

晴天で陽射しが強かったが、暑さは感じなかった。竪川の川面を渡ってきた風に涼気があったのである。

源九郎は両国橋を渡り、賑やかな両国広小路を抜けて柳原通りへ出た。そして、和泉橋の手前を左手の路地に入った。その道を西にむかえば、松田町へ出られるのだ。

松田町の道筋をいっとき歩くと、見覚えのある酒屋があった。だいぶ前のことで、はっきり覚えていなかったが、その酒屋の脇を入った突き当たりに桑山道場はあるはずである。

酒屋の脇の路地へ入り、すこし歩くと、竹刀を打ち合う音、気合、床を踏む音などが聞こえてきた。桑山道場の稽古の音である。

……あれだ。

路地の突き当たりに、道場らしい家屋があった。大きな家屋で、板壁に武者窓がついている。稽古の音は、その家屋から聞こえてきた。何人もの門弟が、竹刀を遣って打ち合っているようだ。なかなかの活況である。

「頼もう！　だれか、おられぬか」

源九郎は玄関口に立って大声を上げた。ちいさな声では、稽古の音に掻《か》き消されてしまうのだ。

いっときすると、床板を踏む音がし、稽古着姿の若侍が戸口に顔を出した。顔が紅潮し、額や首筋に汗が流れていた。稽古を中断して、来訪者の応対に出たらしい。

「何用でござるか」

若侍が怪訝《けげん》な顔をして訊《き》いた。道場破りとは思わなかったようだが、見知らぬ年寄りの武士なので不審に思ったらしい。

「うかがいたいことがあってな。桑山どのに、お会いしたいのだが」

源九郎が笑みを浮かべて言った。

「ご尊名を、お聞かせいただけましょうか」

丁寧な言葉遣いだが、声にはなじるようなひびきがあった。

「若いころ、蜊河岸《あさりがし》に通った華町源九郎でござる」

源九郎は、若いころ鏡新明智流の総師である桃井春蔵《もものいしゅんぞう》がひらいていた道場で修行したのだ。その桃井道場が、南八丁堀大富町《おおとみちょう》の蜊河岸にあったのである。

剣を学ぶ者なら、蜊河岸に通ったと言えば、何流を遣うか分かるはずである。

源九郎は桑山と親交はなかったが、源九郎の名ぐらいは知っているはずだ。

「しばし、お待ちを」

そう言い残し、若侍は道場にもどった。

待つまでもなく、若侍は戸口にもどってきた。

「お上がりくだされ。お師匠が、会われるそうです」

そう言って、若侍は源九郎を道場に上がらせた。

源九郎は若侍に案内され、稽古中の道場の隅を通って奥へむかった。道場のつづきに畳敷きの六畳の間があった。

障子の先に、狭い坪庭がある。梅が植えられ、ちいさな石灯籠が置かれていた。その庭を、座敷から眺められるようになっていた。客間らしい。

源九郎が座敷に腰を下ろし、若侍が去るとすぐ五十がらみの武士が姿を見せた。中背で肩幅がひろく、どっしりと腰が据わっていた。挙措《きよそ》にも隙がなく、身辺に剣の遣い手らしい威風がただよっている。

「桑山武左衛門でござる」

対座するとすぐに、武士が名乗った。源九郎を見すえている。突然、あらわれた源九郎の腹の内を探るような目である。

「華町源九郎ともうす。いまは、隠居の身でござる」

源九郎が笑みを浮かべて言った。

「そこもとの名は、聞いた覚えがござる」

桑山も口元に微笑を浮かべ、して、ご用の筋は、と訊いた。

「立川宗十郎なる者をご存じであろうか」

源九郎がそう言うと、桑山は口元の微笑を消し、

「なにゆえ、立川のことを?」

と、低い声で訊いた。源九郎の真意が分からないうちは答えられないということらしい。

「わしの所縁《ゆかり》の者が、立川に斬り殺されたのです」

源九郎は正直に話した。

「うむ……」

桑山の顔に憂慮の翳《かげ》が浮いた。

「敵討ちの助太刀を頼まれましてな。……聞くところによると、立川はそこもとの道場の門弟であったとか」

「いかさま」

桑山は否定しなかった。

「立川が、道場をやめたのは、いつごろのことでござろうか?」

「十年ほども前になろうか」

桑山の顔に苦渋の表情が浮いた。

「立川の素姓を、お聞かせいただきたいが」

「……よかろう。ただ、当道場は立川を破門しており、いまは何のかかわりもないことを承知しておいてくだされ」

そう前置きして、桑山が話しだした。

立川は御家人の嫡男だったという。十一歳のとき、桑山道場に入門した。父親が、剣術でも身につければ、出世の道もひらけるかと考え、桑山道場に通わせたらしいという。立川は少年ながら大人以上の体軀《たいく》をしていた。くわえて、剣の天稟《てんぴん》があったらしく、すぐに腕を上げ、四、五年経つと、道場の師範代にも三本のうち一本は打てるほど腕を上げた。同年輩の門弟たちは立川を半ば恐れ、半ば畏敬の念をもって、何かというと立てるようになった。兄弟子たちも、自分より腕の立つ立川に意見したり、諫《いさ》めたりしなくなった。そして、二十歳のころ、立川家を継いだという。

「たしか、御書院御番与力に出仕したはずだが」

桑山が言い添えた。

「なるほど」

荒船から、亀田の話として、立川が御書院御番与力だったことは聞いていた。

「立川は出仕しても、ときおり道場に通っていたのだ」

立川は扶持《ふち》を得るようになって、よけい天狗になったという。しかも、性格が粗暴で残忍だった。立川はしだいに横暴になり、気に入らないことがあると門弟たちを打擲《ちょうちゃく》したり、金を脅し取ったりするようになった。

その後、立川は酒席で同僚を斬り、御役御免になった。それを機に、立川の素行はさらに荒れてきた。

「うむ……」

源九郎は、その話も荒船から聞いていた。

「わしも、立川に何度か意見したが、まったく聞く耳をもたなくなった。……そのうちに、女の味を覚えて岡場所に通うようになり、賭場へも出入りするようになったらしいのだ」

そのころになると、立川はほとんど道場にも姿をあらわさなくなったという。

立川は剣の腕がたつため、表立って意見をする者もなく、悪行はさらに激しくなった。町人相手に喧嘩したり、金のために商家に因縁をつけて金を脅しとったり、辻斬りまでしているのではないかとの噂までたったという。

「そのようなおり、立川は同門だった菅谷《すがや》という男と町ですれ違い、些細《ささい》なことで因縁をつけて斬り付けたのだ。幸い、菅谷は命はとりとめたが、二度と刀をふるえないような大怪我を負ってしまった。わしは、ただちに立川を破門にし、今後わしの門弟に刀をむけるようなことがあれば、一門の者が総出で、おまえを探し出して討つと言い渡したのだ」

その後、立川は桑山道場の門弟には手出ししなくなったという。

「ここ数年、立川の悪い噂を聞かなかったので安堵《あんど》していたが、また、何かをしでかしたようだな」

桑山が苦悶《くもん》の顔で言い添えた。

「どうやら、討ちとっても、泣く者はいないようだ」

源九郎が言った。立川は、相当の悪党のようである。

「華町どの、立川を討つつもりなのか」

桑山が源九郎に目をむけて訊いた。

「そのつもりでいる」

「立川は、悪人だが並の遣い手ではないぞ。やつは、剣鬼だ」

桑山の双眸《そうぼう》が強いひかりを帯びていた。苦悶の表情が消え、剣客らしい面貌《おもて》にかわっている。桑山も、剣一筋に生きてきた男なのだ。

「承知している。霞颪《かすみおろし》と称する剣を遣うこともな」

「霞颪は恐ろしい剣だ……」

桑山によると、立川は道場にいるときから、ひとりで八相や上段からの剣を工夫していたという。巨軀ということもあって、上から斬り下ろす剣には特に威力があったそうである。

「霞颪は、真剣勝負のなかで会得したらしい。人を斬るための殺人剣だ」

桑山が源九郎を見すえながら言った。

「わしも、霞颪の恐ろしさは承知している。……だが、やらねばならん」

源九郎は静かだが、重いひびきのある声で言った。

二

行灯《あんどん》の灯《ひ》が、男たちの顔を浮かび上がらせていた。はぐれ長屋の源九郎の部屋である。集まっていたのは、源九郎、菅井、孫六、茂次、三太郎、それに荒船と柳瀬だった。狭い座敷で車座になっている。

七人の男の膝先には、酒の入った貧乏徳利と湯飲みが置いてあったが、ほとんど手を出さなかった。ただ、酒好きの孫六だけが、ときどき湯飲みを手にして口に含むようにして飲んでいる。

「早く、立川たちを始末したい」

柳瀬が言った。

すでに源九郎は、刺客の頭格の男が立川宗十郎で、霞颪と称する秘剣を遣うことを柳瀬に話してあった。話を聞いた柳瀬も、立川が刺客の頭らしいと思ったようだ。

「まだ、隠れ家がはっきりしないのだ」

源九郎が低い声で言った。

源九郎と孫六は熊井町で立川の住む仕舞屋《しもたや》をつきとめたが、その後、立川の姿を目撃していなかった。そのまま熊井町の家を出てしまった可能性もある。

「このままでは、柏崎さまがお役目を果たすこともできない」

柳瀬によると、柏崎は刺客一味の襲撃を警戒し、登下城のほかは屋敷から出ないようにしているそうだ。亀田が斬殺されたことで、柏崎はさらに警戒心を強めたらしいという。そのため、柏崎は外出を控え、御目付の仕事にも支障をきたしているそうである。

「柏崎さまだけではない。われら、配下の者も刺客一味を恐れ、まともな探索もできないのだ」

柏崎の配下の御徒目付《おかち》が柳瀬をのぞいて三人、他に十余人の御小人目付《おこびと》が、秋月の身辺や越野屋などを内偵しているが、夜には出歩けない状態だという。

「これでは、目付の仕事はつとまらぬ」

柳瀬が苦渋に顔をゆがめて言った。

「まず、三人の刺客を討つことだな」

源九郎が言うと、

「刺客三人は、あらかた分かっているではないか。隠れ家を襲って、始末してしまったらどうだ」

と、菅井が言った。

菅井の言うとおり、三人の刺客の正体はだいぶみえてきた。元御書院御番与力だった立川宗十郎、秋月家の家士の清水久兵衛、もうひとりははっきりしないが、やはり秋月家に仕える喜田川文蔵らしいのだ。

「ひとり、ひとりだな」

源九郎が言った。

そのとき、源九郎や柳瀬のやり取りを聞いていた三太郎が、

「越野屋の又造《またぞう》をどうしやす」

と、訊いた。

三太郎は、仁左衛門を襲った一味を尾行した翌日、小舟町の長屋近くで見張り、尾行した猫背の男が路地木戸から出て来るのを目撃した。

男の跡を尾《つ》けると、通り沿いの一膳めし屋に入った。三太郎は男が一膳めし屋から出てくるのを待ち、入れ替わるように店に入って、いま出ていった男のことを訊いた。その結果、男の名は又造で、越野屋の船頭をしていることが分かったのである。

「又造をしゃべらせれば、立川たちのことがはっきりするかもしれんな」

秋月だけでなく、越野屋と立川たちのかかわりも分かるのではないか、それに、喜田川の住処《すみか》も分かるかもしれない、と源九郎は思った。

そのことを源九郎が言うと、

「われらも、又造を吟味したい」

と、柳瀬が言った。

立川たち刺客が、だれの指図で動き、何をしてきたか、又造から聞き出して口書きを取れれば、秋月の悪事をあばく重要な証拠になるという。

「そういうことなら、明日にも、又造を捕らえよう」

源九郎が言った。

「できれば、又造を捕らえたことをしばらく秘匿《ひとく》しておきたいのだが」

柳瀬によると、又造を吟味し、口書きを取るまでの間、秋月と越野屋に知られたくないのだという。

「又造の長屋は、小舟町だったな」

源九郎が、三太郎に顔をむけて訊いた。

「へい、仁蔵店《にぞうだな》でさァ」

三太郎が答えた。

「よし、舟を使おう」

小舟町は入堀沿いにひろがる町である。夜になってから、入堀をたどって長屋近くまで行き、長屋にいる又造を捕らえて舟で目的地に連れて行けば、他人の目に触れずにすむかもしれない。

源九郎がそのことを話すと、

「上策でござる」

と言って、柳瀬がうなずいた。

それから七人は、明日のことを相談した。小舟町へは、源九郎、三太郎、茂次、荒船、柳瀬の五人で行くことにした。又造ひとりを捕らえるのに、五人もで出かけることはなかったが、荒船と柳瀬が自分たちも行くと言い出したからである。

柳瀬によると、又造を捕らえた後、柳瀬家に連れて行き、じっくりと吟味したいのだという。

「舟はどうするな？」

はぐれ長屋に、舟など持っている者はいなかった。

「辰吉《たつきち》なら都合できやすぜ」

孫六が口をはさんだ。すこし顔が赤くなっている。酒のせいらしい。

「そうだな、辰吉に頼もうか」

辰吉は日傭取《ひようと》りだが、長く船宿の船頭をしていた男である。いまでも、懇意にしている船宿があるはずだ。相応の金を渡せば、舟を用意してくれるだろう。

「せっかくだ。飲んでくれ」

源九郎が一同に視線をまわして言った。ひとまず、相談は終わったのである。

「ヘッヘヘ……。旦那方にも、おつぎしやしょう」

孫六が貧乏徳利を手にして、荒船と柳瀬の湯飲みに酒をついだ。手が震えている。孫六は、手酌でだいぶ飲んだようである。

荒船と柳瀬は、戸惑うような顔をしながらも湯飲みの酒をかたむけた。

三

曇天だった。厚い雲が空をおおっている。初夏だというのに、蒸し暑かった。風がなく、湿気をふくんだ大気が、じっとりと肌にまとわりつくようだった。

まだ、暮れ六ツ(午後六時)前だったが、辺りは夕暮れ時のように薄暗かった。竪川沿いの表店《おもてだな》も、早めに店仕舞いを始めたらしく、あちこちから大戸をしめる音が聞こえてきた。

はぐれ長屋に近い竪川の岸際に、源九郎、茂次、三太郎の三人が立っていた。荒船と柳瀬が来るのを待っていたのである。

源九郎の足元近くに栈橋につづく短い石段があった。栈橋には、数艘の猪牙舟《ちょきぶね》が舫《もや》ってあり、一艘の舟の艫《とも》に、辰吉が立っていた。船宿から借りてきた猪牙舟である。

「来やしたぜ」

茂次が声を上げた。

見ると、両国橋の方から荒船と柳瀬が小走りにやってくる。ふたりとも二刀を帯び、小袖とたっつけ袴姿だった。

「すまぬ、待たせたようだ」

柳瀬が息をはずませながら言った。

「いや、わしらも、いま来たところだ」

そう言うと、源九郎は石段を下り始めた。茂次や柳瀬たちが、後につづいた。

五人が舟に乗り込むと、辰吉が棹《さお》を取った。

「舟を出しやすぜ」

辰吉は舫い綱をはずすと、巧みに棹を使って水押《みよし》を大川の方へむけた。

舟は竪川にかかる一ッ目橋をくぐり、大川へ出た。辰吉は棹から櫓《ろ》に持ち替え、水押を下流にむけた。

大川の川面は、黒ずんだ雲の色をうつして暗い鉛色に染まり、無数の波の起伏を刻みながら彼方の江戸湊《みなと》までつづいている。

いつもは、客を乗せた猪牙舟や屋形船、荷を積んだ艀《はしけ》などが行き交っているのだが、曇天の夕暮れ時のせいもあって、ほとんど船影はなかった。ときおり、猪牙舟が白い波の筋を引きながら川面を横切っていくだけである。

新大橋の手前まで来ると、辰吉は水押を日本橋方面へむけた。そして、日本橋川をさかのぼり、江戸橋の手前を右手にまがって入堀に入った。そこは、米河岸のある堀で、日中は米俵をつんだ猪牙舟が盛んに行き交っているのだが、いまはひっそりとしていた。すでに米河岸は濃い夕闇につつまれ、人影もまばらだった。

「三太郎、もうすこし先かい」

艫に立っている辰吉が、三太郎に訊いた。

「中ノ橋の二町ほど先に桟橋がある。そこに、舟を着けてくれ」

中ノ橋は、入堀にかかる橋である。

「分かった」

辰吉は中ノ橋をくぐるとすぐ、舟を右手の岸に寄せた。岸沿いにつづく地が、小舟町である。

ちいさな桟橋だった。猪牙舟が三艘だけ舫ってあり、波の起伏で船縁がこすれ、ギシギシと笑い声のような音をたてていた。桟橋にも、舟のなかにも人影はなかった。

「舟を着けやすぜ」

辰吉は巧みに棹をあやつって、舫ってある舟の脇に水押をつっ込んで桟橋に船縁を寄せた。

　舟が着くと、源九郎たちは舟から桟橋に下りた。辰吉と茂次は舟で待つことになり、源九郎、三太郎、柳瀬、荒船の四人が桟橋から通りへ上がった。

　入堀沿いの通りは、濃い暮色につつまれていた。表店は店仕舞いし、洩《も》れてくる灯もなくひっそりと静まっている。通りにも人影はなかった。汀《みぎわ》を打つチャプチャプという水音が、妙に生々しく子供でも戯れているように聞こえてきた。

「こっちでさァ」

　三太郎が先導した。

　入堀沿いの道を一町ほど歩くと、三太郎は右手の路地へ入った。裏路地で、小《こ》体《てい》な店や表長屋などが軒を連ねていた。細い路地へ入ったせいか、辺りが急に暗くなったように感じられた。

　裏路地をいっとき歩くと、三太郎が下駄屋らしい小店の前に足をとめ、

「そこが、仁蔵店でさァ」

　と言って、斜前の路地木戸を指差した。

「三太郎、又造の家は分かるのか」

源九郎が訊いた。

「分かりやす」

三太郎によると、この近くで聞き込んだとき、又造の家の場所も訊いておいたという。

「長屋の者は、まだ起きていような」

だいぶ暗くなっていたが、長屋の住人はまだ起きているだろう。長屋に踏み込んで、又造を捕らえるとなると、騒ぎが大きくなるはずだ。

源九郎がそのことを話すと、

「又造を連れ出しやしょうか」

と、三太郎が言った。

「できるのか」

源九郎が訊いた。

「又造は女好きらしいんでさァ。女の使いで来たことにして呼び出しやすよ」

三太郎が長屋付近で聞き込みをしたとき、又造の噂も耳にしたのだという。

「よし、わしらは、ここに身を隠している」

源九郎は、又造が路地木戸から出てきたら捕らえようと思った。

「ちょいと、お待ちを」

そう言い残し、三太郎は足早に路地木戸をくぐった。

源九郎たちは、下駄屋の軒下と路地木戸の斜向《はす》かいの店の脇に身を隠した。

いっとき経った。なかなか、三太郎は姿を見せなかった。闇がだいぶ深まり、源九郎たちの姿を隠している。

……何かあったかな。

源九郎が様子を見に行こうかと思ったとき、路地木戸の先で男の声がした。見ると、男がふたり路地木戸から出てくる。

三太郎と三十がらみの男だった。男は紺の半纏《はんてん》に黒股引姿である。又造であろう。

「おまつってえ女は、どこにいるんだい？」

又造らしき男が路地木戸を出たところで足をとめ、通りの左右に目をやった。

どうやら、三太郎はおまつという名を使って騙《かた》り、又造を連れ出したらしい。

「下駄屋の軒下で、待ってるって言ってやしたよ。……又造さんに、ふたりだけで逢いてえそうでさァ。……あっしは、邪魔らしいんで、消えやすよ」

そう言い残し、三太郎は小走りにその場から離れた。

又造が下駄屋の軒下に近付いてきた。

「おまつ、どこにいる」

四

源九郎は軒下の隅に身を寄せたまま、又造が近付くのを待っていた。

……もうすこしだ。

斜向かいの店の脇に身を隠した柳瀬と荒船が通りへ出て、足音を忍ばせて又造の背後に近付いてくる。

「そこにいるのは、おまつか」

又造が足をとめて声をかけた。軒下の隅にいる源九郎を目にしたらしい。暗がりだったので、ぼんやりと人影が識別できただけなのだろう。

いきなり、源九郎が抜刀し、刀身を峰に返して疾走した。

ワアッ！

と絶叫を上げ、又造が反転して逃げようとした。一瞬、源九郎の姿が、獣か化け物かに見えたのだろう。

「逃さぬ！」

源九郎が、走り寄りざま手にした刀を一閃《いっせん》させた。

刀の峰で皮肉を打つにぶい音がし、又造が身をのけ反らせた。源九郎の峰打ちが又造の脇腹を強打したのである。

又造はたたらを踏むように泳いだが、足をとめると、左手で脇腹を押さえてうずくまった。蟇《ひき》の鳴くような低い呻《うめ》き声を洩らしている。肋骨が折れたのかもしれない。

そこへ、柳瀬と荒船が駆け付け、又造の両肩を押さえつけた。そして、ふところから手ぬぐいを出して、猿轡《さるぐつわ》をかませた。大声を出せないようにしたのである。

「立て！」

荒船が又造の片腕をつかんで、立ち上がらせた。

「命が惜しかったら、おとなしくついてこい」

柳瀬が小刀を抜いて、切っ先を又造の脇腹にむけた。又造は、恐怖に身を竦《すく》ませている。

源九郎たち三人は、又造を取りかこむようにして茂次たちの待つ桟橋に連れていった。

又造を乗せると、舟はすぐに桟橋を離れた。

入堀から日本橋川に出たところで、

「茂次、又造の猿轡を取ってくれ」

と、源九郎が茂次に声をかけた。ここまで来れば、人に聞かれることはないはずだ。

「へい」

すぐに、茂次が又造の猿轡を取ってやった。

「又造、おまえは仁左衛門やわしらを殺そうとしたひとりだ。ここで、わしに斬られても文句はないな」

源九郎が又造を睨むように見すえて言った。ふだんの茫洋《ぼうよう》とした人のよさそうな顔ではなかった。剣客らしいけわしさと凄《すご》みがある。

「……！」

又造の顔が恐怖にゆがんだ。蒼ざめ、歯の根も合わぬほど顫《ふる》えている。

「だが、おまえは船頭だ。頼まれただけかもしれん」

源九郎の声は穏やかだった。脅しつけるより、言い逃れできるように誘導した方がしゃべると踏んだのである。

「……だ、旦那、あっしは、頼まれただけでさァ」

　又造が声を震わせて言った。

「だれに頼まれたのだ」

「甚五郎の旦那で……」

　又造が首をすくめて小声で言った。

「そうだろうな。わしらを襲ったのは、おまえの本意ではなかったのだろう。いっしょに来た三人の武士が斬ることになっていて、おまえたち越野屋の者は、わしらを殺す気などなかったのだな」

「そ、そうでさァ。あっしらは、旦那方を殺す気などなかったんでさァ」

　又造がむきになって言った。

　どうやら、源九郎の思惑どおり話が進みそうである。

「その武士たちだが、立川宗十郎、清水久兵衛、喜田川文蔵の三人だな」

　源九郎が念を押すように訊いた。

「旦那、よくご存じで」

「立川の住処は、熊井町の借家か」

「へえ……」

又造の顔に驚きの色が浮いた。源九郎たちが、そこまで知っているとは思わなかったのだろう。

「ところで、喜田川の住処はどこだ」

「小伝馬町《こでんまちょう》の牢屋敷の近くだと聞いてやしたが、ちかごろそこを出て、立川の旦那といっしょにいるらしいが、あっしは行ったことがねえんで……」

又造は語尾を濁した。はっきりしないらしい。

……やはり、熊井町だな。

と、源九郎は思った。

大川端で仁左衛門や源九郎たちを襲った後、喜田川は立川とふたりで、熊井町へむかったのだ。おそらく、喜田川は立川の住処に転がり込んだのだろう。

そのとき、舟が揺れ、水押の水を分ける音が急に大きくなった。舟は日本橋川から大川へ出たのだ。

舟は水押を川上にむけてさかのぼり始めた。空をおおっていた厚い雲が薄れ、雲間からわずかに月光が射していたが、それでも闇は深かった。水押が大川の黒い水面を切り裂き、夜陰のなかに白い水飛沫《みずしぶき》を飛ばしていた。川の流れの音と水押で川面を分ける音が、耳を聾《ろう》するように聞こえてくる。

「立川たちは、越野屋に頼まれて仁左衛門を襲ったのだな」

源九郎が、水音に負けないように声を大きくした。

「……そうでさァ」

「金だな」

立川たちが越野屋の依頼を受けて仁左衛門を襲ったとすれば、報酬の金が目当てとしか考えられなかった。

「くわしいことは知らねえが、大金のようですぜ」

「前から、立川たちと越野屋はつながっていたのか」

「あっしが、越野屋に勤めるようになったのは四年前《めえ》でしてね。そのころから、つながってたようですぜ」

又造が言った。隠す気はないようである。

源九郎は、越野屋と秋月とのかかわりも訊きたかったが、柳瀬たちにまかせることにした。口書きをとるために、時間をかけてじっくり吟味するだろう。

源九郎が口をつぐんでいると、

「旦那、あっしらはどこへ行くんで」

と、又造が陸に目をやりながら訊いた。

舟は両国橋のそばまで来ていた。川の両側の陸地は深い闇につつまれ、家並の輪郭も識別できないほど暗かった。ただ、左手の日本橋の町並のあるあたりから、かすかな灯が見えた。いくつもの灯が、弱々しくまたたいている。

それまで黙って源九郎の訊問を訊いていた柳瀬が、

「おれが、いいところに連れてってやる」

と、水音に負けないように大きな声で言った。

柳瀬家は下谷にあった。大川から神田川に乗り入れ、和泉橋の先の桟橋に舟を着けて、そこから柳瀬家まで連れていくことになっていた。しばらく納屋にでも監禁して、訊問することになるだろう。

「へえ……」

又造の顔が恐怖でゆがんだ。柳瀬の言葉で、地獄にでも連れていかれるような気がしたのかもしれない。

五

「華町の旦那、だれかいるようですぜ」

孫六が声をひそめて言った。

又造を捕らえた翌日、源九郎と孫六は熊井町に来ていた。立川の住居《すまい》である借家の板塀の陰に身を隠して、なかの様子を窺《うかが》っていたのである。

「ふたりいるようだぞ」

家のなかから、男のくぐもった声が聞こえた。庭に面した廊下の先の座敷から聞こえてくる。話の内容は聞き取れなかったが、ふたりの会話であることは分かった。

「立川と喜田川だな」

「覗いてみやすか」

孫六が立ち上がろうとした。

「待て」

慌てて源九郎がとめた。

立川は剣の遣い手である。廊下の脇の戸袋まで近付けば、人の気配を察知するはずだ。飛び出してきたら、孫六は逃げられないだろう。源九郎が立ち向かったとしても、相手が立川と喜田川のふたりでは後れを取る。

「もうすこし、ここで様子を見よう」

源九郎はしばらく待てば、ふたりが出てくるのではないかと思った。

そろそろ暮れ六ッ（午後六時）だった。陽は家並の向こうに沈んでいる。上空には昼間の青さが残っていたが、板塀の陰や樹陰には淡い夕闇が忍び寄っていた。

源九郎は、立川たちふたりが酒でも飲みに家を出るのではないかとみたのだ。それからいっときして、障子の向こうで立ち上がる気配がし、つづいて戸口の方へ歩く足音が聞こえた。

「旦那、出てきた」

孫六が声を殺して言った。

戸口から巨軀の男が姿をあらわした。立川である。眉が濃く、頤《おとがい》の張った武辺者らしい面構えの男だった。源九郎は覆面を取った顔をはじめて見たのである。

その立川につづいて、武士がひとり出てきた。立川ほどではないが、がっちりした体軀の大柄な男である。肌が浅黒く、髭が濃かった。

……喜田川だ！

その体軀に見覚えがあった。

ふたりは、枝折り戸を押して小径へ出てきた。表通りへむかうらしい。

「旦那、尾けやしょう」

孫六が腰を浮かせた。

「慌てることはない。もうすこし待て」

源九郎は、立川たちを見逃してもかまわないと思った。立川と喜田川が確認でき、ふたりの隠れ家もはっきりしたのである。

立川たちが表通りへ出てから、源九郎たちは板塀の陰から離れた。小径をたどって表通りへ出ると、淡い暮色のなかに立川と喜田川の後ろ姿が見えた。源九郎たちは、じゅうぶん間を取って立川たちを尾けた。

立川たちは、以前源九郎たちが立ち寄って話を訊いたそば屋に入った。予想どおり、立川たちは夕めしがてら一杯やりに来たようである。

「旦那、どうしやす」

孫六が訊いた。

「今日のところは、これまでだな」

源九郎は、これ以上立川たちの動きを探ることもないと思った。

翌朝、源九郎は菅井に荒船の屋敷に行ってもらい、荒船に牧村も長屋に呼ぶよう伝えてもらった。立川たちをどうするか、荒船と牧村をまじえて相談したかったのである。

その日の午後、源九郎たちは菅井の部屋に集まった。顔をそろえたのは、源九郎、菅井、荒船、牧村の四人である。男たちの前に、酒はなかった。菅井は面倒なことが嫌いなので用意しなかったこともあるが、酒を飲む気にはなれなかったのである。

「立川の居所が知れた」

源九郎が切り出した。

「まことでございますか」

牧村が身を乗り出すようにして言った。

「ひとりではない。喜田川もいっしょだ」

「わたしに、立川を討たせてください」

牧村が思いつめたような顔をして言った。

源九郎は牧村に討たせてやりたかったが、ふたりとも斬ってしまっていいものか迷ったので、

「どちらか、生け捕りにしなくていいのか」

と、荒船に質《ただ》した。

「柳瀬さまに話してみますが、かまわないと思います。……口上書を取るなら、清水がいますし、柿崎藩の御用人、小松利兵衛から話を訊いてみる手もあります」

荒船によると、又造が供述のなかで、越野屋のあるじの甚五郎と小松が昵懇《じっこん》らしいことを話したという。もっとも、又造が舟で甚五郎と小松を柳橋の料理屋へ運ぶおり、ふたりが親密そうに話していたのを耳にしただけだという。

「そうか」

源九郎は、柿崎藩のことは柳瀬と荒船にまかせておこうと思った。

「華町どの、父の敵を討たせてください」

牧村が必死の形相で言った。

「分かった。……ただ、すぐに熊井町に出向くことはできんぞ」

立川は霞颪と呼ばれる秘剣を遣うのだ。源九郎が助太刀したとしても、討てるかどうか分からないのである。

「これから、立川を討つための手を練ろう」

そう言って、源九郎が顔をひきしめて立ち上がった。

六

源九郎、菅井、荒船、牧村の四人は、はぐれ長屋の裏手にある空き地に足を運んだ。そこは長屋をかこった板塀の外なので、長屋の住人の目を引かずに、木刀や真剣を振ることができる。雑草におおわれていたが、丈の低い草が多かったので足を取られるようなことはなかった。それに、広さも十分ある。

源九郎と菅井は、強敵と立ち合う前などに、この空き地で木刀や真剣を振って剣の工夫をすることがあったのだ。

「牧村どの、支度をしてくれ」

源九郎の物言いはおだやかだったが、双眸は鋭いひかりを宿していた。剣客らしいけわしい顔付きである。

源九郎は立川との戦いを想定し、どうすれば、牧村が立川に一太刀なりともあびせられるか、その工夫をするつもりだった。

三人とも刀を腰に帯びているだけで、木刀は手にしていなかった。初めから真剣を遣うのである。

「はい」

すぐに、牧村は刀の下げ緒で襷《たすき》をかけ、袴の股だちを取った。荒船はすこし離れた空き地の隅に立って見ている。

「菅井は、立川役をやってくれ」

源九郎が言った。

「分かった」

菅井の顔もひきしまった。

源九郎はおよそ三間半の間合を取って菅井と相対した。まだ、ふたりとも刀を抜いていない。

「牧村どのは、菅井から四間の間合を取ってくれ。わしが、声をかけるまで、決して斬り込むなよ」

源九郎が強い口調で言うと、牧村は顔をこわばらせてうなずいた。

源九郎は牧村を立川の斬撃の間合の外に立たせようと思ったのである。

「おれはどう構える？」

菅井が訊いた。

「八相だが、こんな構えだ」

源九郎は刀を抜き、八相に構えて見せた。切っ先を後ろにむけて刀身を寝せ、刀の柄頭《つかがしら》を相手の目線につける霞颪の構えである。

「妙な構えだな」

菅井も抜刀して源九郎の構えに似せた。

「わしからは、その柄頭しか見えなくなるのだ。……そのため、八相からの太刀筋が見えなくなる。それで、霞颪と名付けたようだ」

「なるほど」

菅井が感心したような顔をした。

「その構えから、すこしずつ間合をつめてくる。そして、間合に入るや否や真っ向に斬り込んでくるのだ」

「亀田どのは、その剣で額を割られたのだな」

「いかさま」

「容易な相手ではないな」

菅井も、立川の遣う霞颪の恐ろしさが分かったようである。

「牧村どのは、青眼だ」

「はい」

すぐに、牧村は青眼に構えた。剣術を修行したらしく、腰の据わった隙のない構えである。ただ、構えに威圧や迫力がなかった。おそらく、道場で竹刀を遣った稽古をしただけなのだろう。

「切っ先を菅井の脇腹につけてくれ。狙うのは突きだ。他は考えるな。ただ、一念に突きを狙え」

源九郎の物言いが強くなった。顔もけわしくなり、凄みさえあった。源九郎は真剣での生死を賭けた戦いの恐怖と凄絶《せいぜつ》さを知っていた。その恐怖と凄絶さが、源九郎に強い言葉を使わせたのである。

「は、はい！」

牧村は眦《まなじり》を決して、切っ先を菅井の脇腹につけた。

「それでいい」

源九郎は、牧村に突きで立川を仕留めさせようとは思わなかった。

立川の遣う霞颪を破るために、立川の気を乱してもらいたかったのだ。どんな遣い手であっても、敵に突きをはなつ一念で切っ先を脇腹にむけられると、威圧を感じて無視することができなくなる。立川の遣う霞颪は正面の敵に対する技であるだけに、よけい威圧を感じて気が乱れるはずなのだ。

「わしは、上段に構える」

言いざま、源九郎は上段に構えた。

刀身を垂直に立て、切っ先で天空を突くように大きく構えた。

源九郎の上段と牧村の突き。源九郎と牧村の二者一体の剣である。

かならず、立川は気を乱すはずだ。気を乱せば、一瞬の反応が遅れ、霞颪の神速の斬撃が遅れるだろう。

「おい、ふたりで攻められたら身が竦むぞ」

菅井が、顔をこわばらせて言った。

遣い手だけあって、菅井も二者一体の剣の恐ろしさが分かったようだ。

「行くぞ」

源九郎が足裏を摺《す》るようにしてジリジリと間合をせばめ始めた。その動きと合わせるように、牧村も間合をつめてくる。

源九郎は、一足一刀の斬撃の間境の一歩手前に踏み込むとすぐに仕掛けた。切っ先のとどかない間合の外から仕掛けたのだ。菅井を傷つけないためである。

ヤアッ！

裂帛《れっぱく》の気合を発し、踏み込みざま菅井の真っ向へ。

オオッ！

と気合を発し、菅井も八相から真っ向へ斬り込んだ。

ふたりの切っ先が、眼前で空を切る。

そのときだった。牧村が菅井の動いた隙を見て、突きをはなとうとして踏み込んだ。

「待て！」

源九郎が声を上げた。

ハッ、としたように牧村が動きをとめた。

「まだ、早い。立川は二の太刀で、牧村どのの真っ向へ斬り下ろすぞ」

源九郎は、立川なら身を反転しざま二の太刀を牧村に見舞うだろうとみていた。立川の二の太刀は神速なのだ。霞颪の恐ろしさは、初太刀が見えないこともあるが、一の太刀から二の太刀への連続技の迅《はや》さにもある。

「牧村どの、わしが、突け、と声をかけるまで動かず、気で攻めろ」

「は、はい」

牧村はけわしい顔でうなずいた。

「いま、一手！」

源九郎が言った。

ふたたび、三人はそれぞれの位置に立ち、上段、八相、青眼に構え合った。

それから、三人は一刻(二時間)以上も、霞颪を破る工夫をつづけた。三人とも汗まみれになり、源九郎などは息が上がってきたが、やめようとはしなかった。霞颪をやぶることができなければ、敵討ちが果たせないだけでなく、源九郎たちが立川に斬殺されるのである。

第六章　疾風《はやて》のなか

一

「旦那、そろそろ行きやすか」

　茂次が源九郎に声をかけた。

　はぐれ長屋の裏手の空き地である。源九郎、菅井、牧村、荒船、柳瀬の五人がいた。半刻（一時間）ほど前から、源九郎、菅井、牧村の三人で、霞颪《かすみおろし》を破る工夫をしていたのだ。工夫といっても、立川と対峙したときの源九郎と牧村の動きや呼吸を確かめてみただけである。

　今日、立川を討つことになっていたのだ。源九郎たちが立川と喜田川の隠れ家をつきとめてから五日が経っていた。この間、茂次、三太郎、孫六の三人が交替して、熊井町の隠れ家を見張り、立川と喜田川が隠れ家にとどまっているのを確認してあった。

「そうだな」

源九郎は空を見上げた。

陽は西の空にまわっていた。七ツ（午後四時）ごろであろうか。出かけるには、いい時間かもしれない。

源九郎は暮れ六ツ（午後六時）過ぎてから仕掛けるつもりだった。近所の住人に騒がれたくなかったし、陽射しの位置を気にせず戦えるからだ。

晴天だが、風があった。空き地の雑草が風に揺れている。源九郎は、すこし早めに出て、戦いの場を見ておきたかった。足場を確かめ、風を正面から受けずにすむ位置に立ちたかったのである。

「舟は用意してあるのか」

源九郎たちは、熊井町まで舟で行く手筈《てはず》になっていた。舟を用意してくれたのは、辰吉である。

「へい、辰吉が桟橋で待ってまさァ」

茂次が答えた。

「行くか」

源九郎は牧村に声をかけた。

「はい」

牧村がけわしい顔でうなずいた。

ここ数日の間に、牧村はすこし頬がこけ、痩せたようである。双眸《そうぼう》が、何かに憑《つ》かれたような異様なひかりを帯びていた。疲れていることもあるのだろうが、野生の獣を思わせる剽悍《ひょうかん》そうな面構えである。牧村は死を賭した戦いを目前にし、源九郎たちとの稽古を通して己の軟弱さを削ぎ落としたのかもしれない。

源九郎たちはいったん空き地から長屋にもどり、路地木戸を出た。竪川の桟橋に行くと、辰吉が猪牙舟《ちょきぶね》の船梁《ふなばり》に腰を下ろして待っていた。

「辰吉、また頼むぞ」

源九郎は桟橋に下りて声をかけた。

「へい」

辰吉はすぐに艫《とも》に立ち、棹《さお》を握った。

舟は竪川から大川へ出ると、水押《みよし》を下流にむけた。

風があった。川面が波立っている。西日が波の起伏で乱反射し、鴇色《ときいろ》のひかりを散らしていた。舟は波に揺られながら、大川を下っていく。

舟は永代橋をくぐって間もなく、左手に水押をむけて岸に近付いた。その辺りから、熊井町である。

「旦那、あそこの桟橋に着けやすぜ」

辰吉が、波音に負けないように声を上げた。

辰吉は巧みに櫓《ろ》をあやつり、波間を横切って船縁を桟橋に寄せた。

「下りてくだせえ」

辰吉は棹を川底にさして舟の動きをとめながら言った。

源九郎たちは、次々に桟橋に飛び下りた。

辰吉は舫《もや》い綱を杭に繋《つな》ぐと、

「あっしは、桟橋で待っていやす」

と、源九郎たちに声をかけた。

「そうしてくれ」

源九郎たち五人は、辰吉を舟に残して川沿いの通りへ出た。まだ、暮れ六ッ前だったが、陽は西の家並のむこうに沈みかけていた。さらに、風が強くなり、袂や袴の裾を揺らした。菅井は顔にかかる総髪をしきりに後ろへ撫《な》でつけている。

表通りをしばらく歩くと、見覚えのある八百屋と古着屋があった。源九郎たちは二店の間にある路地へ入った。

路地を一町ほど歩くと四辻があった。立川たちの隠れ家は右手の路地を行った先にある。

源九郎たちは路地をいっとき歩き、道沿いの竹藪《たけやぶ》の近くまで来て足をとめた。その竹藪の先に、立川たちの隠れ家が見えた。

「旦那、とっつァんですぜ」

茂次が声をひそめて言った。

見ると、孫六が竹藪の陰から小走りにやってくる。孫六は三太郎とふたりで、立川たちを見張っていたのだ。

「どうだ、ふたりの様子は」

源九郎が訊《き》いた。

「いやす。ふたりとも、家から出てこねえ」

孫六が目をひからせて言った。

「三太郎は？」

「竹藪の陰で、やつらの隠れ家を見張ってまさァ」

「ご苦労だったな」

源九郎たちは、孫六の後について竹藪の陰にまわった。

強風で、竹藪が揺れていた。ザワザワと耳を聾《ろう》するような音がひびいている。

三太郎は林立する竹の間から仕舞屋《しもたや》の戸口に目をむけていたが、源九郎たちが近付くと顔をむけた。

「まだ、動きはありません」

三太郎が、風音に負けないように声を大きくした。

おそらく、板塀の陰で長時間見張ると立川たちに気付かれる恐れがあるので、この場から見張ることにしたのだろう。

「ふたりが、家を出る前に仕掛けたいな」

立川たちが、夕めしがてら酒を飲みに家を出るかもしれないのだ。

上空に目をやると、陽は沈み西の空が茜色《あかねいろ》に染まっていた。まだ、上空は青空がひろがっていたが、竹藪のなかには淡い夕闇が忍び寄っている。

「牧村どの、支度してくれ」

源九郎が声をかけた。

牧村はうなずき、すぐにふところから細紐と白鉢巻きを取り出した。手早く襷《たすき》をかけ、鉢巻きを結び、袴の股だちを取った。

源九郎は鉢巻きをしなかったが、襷を掛けて袴の股だちを取った。柳瀬と荒船も源九郎と同じように支度した。菅井だけはそのままだったが、刀の目釘《めくぎ》を見てから柄の握り具合を確かめた。居合は一瞬の抜刀が命なのである。

菅井、柳瀬、荒船の三人で、喜田川を打ち取ることになっていた。ただ、柳瀬と荒船は逃走を防ぐ役で、立ち合うのは菅井になるだろう。

「まいろう」

源九郎が声を上げた。

二

疾風が、空き地の雑草を揺らしていた。ヒュウ、ヒュウと物悲しい風音が耳にひびく。源九郎たち五人は空き地の小径をたどり、仕舞屋の戸口の前の枝折《しお》り戸のそばに立っていた。ここを立ち合いの場と決めていたのだ。茂次、孫六、三太郎の三人は、板塀の陰に身をひそめている。

「牧村どの、風を正面に受けるな」

源九郎が風向きを確かめながら言った。

「はい、はい」

牧村が眦《まなじり》を決したような顔でうなずいた。

「わしと菅井とで、ふたりを呼び出す。柳瀬どのたちは、板塀の陰にでも身を隠していてくれ」

牧村はともかく、荒船と柳瀬は姿を隠していてもらいたかった。五人もいることを知れば、立川たちは戦わずに逃走しようとするかもしれない。

「行くぞ」

源九郎たち三人は、戸口の脇を通って庭にまわった。足音を気にする必要はなかった。風音が足音を消してくれるのだ。

源九郎たちは庭のなかほどに立った。庭といっても狭く、板塀際に梅と松が植えてあるだけである。

……いるな。

源九郎は廊下の先の座敷に人のいる気配を感じた。かすかに、障子の向こうから話し声が聞こえた。立川と喜田川は、その座敷にいるようだ。

「立川宗十郎、聞こえるか！」

源九郎が声を上げた。

すぐに、障子の向こうの話し声がやんだ。外の様子を窺《うかが》っているのか、何の物音も聞こえなかった。

「華町源九郎だ！　姿を見せろ」

源九郎が、声を上げると、

「牧村慶之助、父の敵！」

と、牧村が甲高い声で叫んだ。

ガラリ、と障子があいた。姿を見せたのは、巨軀《きょく》の立川である。その背後に、喜田川の姿もあった。ふたりは、大刀を手にしていた。近くにあったのを手にしてから、障子をあけたのだろう。

「三人か」

立川が庭に視線をまわして言った。

「わしは、牧村どのの助太刀だ」

源九郎が言うと、脇に立っていた菅井が、

「おれの相手は、喜田川だな」

と言って、喜田川に目をむけた。

「望むところだ。ここで、うぬらを始末すれば、手間がはぶけるからな。……どこで、やるな」

立川は手にした大刀を腰に差した。逃げるつもりはないようだ。源九郎たちと戦う気になっている。

「前に空き地がある。そこが、よかろう」

言いざま、源九郎が後ろへ下がると、牧村と菅井も同じように縁先から離れた。立川たちが庭に下りるための間をとったのである。

立川がゆっくりとした動作で、縁先から庭へ下りた。喜田川もつづく。

源九郎たち三人は枝折り戸から空き地に出ると、すばやい動きで風上に立った。疾風が吹き、雑草がザワザワと揺れている。

辺りは夕闇に染まっていた。荒涼とした空き地に、風音だけがヒュウヒュウと鳴りひびいている。

「風上に立ったか」

立川は口元に薄笑いを浮かべた。風向きなど、気にしないようである。それだけ、霞颪に自信があるのだろう。

「喜田川、こい！」

菅井が、源九郎たちから離れて声を上げた。源九郎たちが存分に戦えるだけの間を取ったのである。

オオッ！

と一声上げて、喜田川が菅井の前に走った。

源九郎は、立川と三間半の間合を取って対峙した。牧村はすばやく立川の左手にまわり込み、四間の間合を取った。ふたりは、はぐれ長屋の裏手の空き地で立川を想定して立ち合ったときと同じ間合を取ったのである。

「立川、いくぞ！」

源九郎が抜刀した。

すかさず、牧村も刀を抜いた。唇をひき結び、目をつり上げている。必死の形相だが、臆した様子はなかった。夕闇のなかで、白鉢巻きがくっきりと浮かび上がったように見えている。

立川は青眼に構えている牧村に視線を投げ、口元に薄笑いを浮かべた。牧村の構えから、腕のほどを察知し、それほどではないと踏んだらしい。

「ふたりとも、始末してくれる」

言いざま、立川は抜刀し、八相に構えた。刀身を寝せた霞颪の構えである。刀の柄頭が、源九郎の目線につけられている。

対峙した源九郎は上段に構えた。刀身を垂直に立てた大きな構えである。

牧村はやや刀身を下げて、切っ先を立川の脇腹につけていた。そのまま突き込んでいくような気配がある。

源九郎の全身に気勢が満ちてきた。その大きな構えとあいまって、上からおおいかぶさってくるような迫力がある。尋常な者なら、身の竦《すく》むような威圧を感じるはずだが、立川はまったく表情を変えなかった。八相に構えたまま、源九郎の気の動きを感じ取ろうとしている。

源九郎が、爪先で雑草を分けるようにしてジリジリと間合をつめ始めた。同時に牧村も動いた。源九郎と同じように間合をつめていく。

そのとき、立川の顔が一瞬こわばった。源九郎と牧村の動きが、連動しているように感じたのかもしれない。

正面の上段。左手の低い青眼。

立川の気が乱れた。異様な威圧を感じたようである。だが、それも一瞬だった。立川はすぐに気を鎮め、対峙した源九郎にのみ、気を集中させた。牧村の間合がやや遠いことから、初手が源九郎であることを読み取ったのだ。

三

一方、菅井は喜田川と対峙していた。

板塀の陰に身を隠していた荒船と柳瀬は、姿を見せなかった。立川と喜田川が逃げる素振りを見せなかったので、ここは源九郎と菅井にまかせようとしたのである。むろん、菅井と源九郎があぶないようなら、すぐに飛び出せるような体勢はとっていた。

菅井と喜田川の間合は、およそ三間半。居合の抜刀の間境からも、まだ遠かった。

喜田川は青眼に構えていた。切っ先がピタリと菅井の目線につけられている。腰の据わった隙のない構えである。

……なかなかの遣い手だ。

と、菅井は察知した。

喜田川の剣尖《けんせん》に、そのまま眼前に迫ってくるような威圧があったのだ。

だが、菅井は臆さなかった。左手を刀の鍔元《つばもと》に添えて鯉口を切り、右手で刀の柄を握っていた。居合腰に沈め、抜刀体勢を取っている。

喜田川が、爪先で雑草を分けながら、すこしずつ間合を狭めてきた。間合がせばまるにつれ、喜田川の剣気が高まり、斬撃の気配がみなぎってきた。疾風で雑草がザワザワと揺れ、喜田川の袴の裾が足に絡まっている。

……あと、二尺。

菅井は喜田川との間合を読んでいた。居合は抜刀の迅《はや》さと、敵との間積もりが命なのである。

喜田川がしだいに斬撃の間境に近付いてきた。痺《しび》れるような剣気がふたりをつつんでいる。菅井と喜田川は張りつめた緊張のなかで、時のとまったような感覚にとらわれていた。風音だけが、轟音《ごうおん》のように鳴り響いている。

フッ、と喜田川の剣尖が浮いた。斬撃の間境に迫り、気が動いたのだ。

刹那《せつな》、菅井の全身から抜刀の気がはしった。

イヤアッ！

裂帛《れっぱく》の気合を発し、菅井が抜きつけた。

稲妻のような居合の一刀である。

間髪をいれず、喜田川が反応した。

青眼から踏み込みざま真っ向へ。

が、菅井の抜き打ちの方が迅かった。まさに、神速の斬撃である。逆袈裟《ぎゃくげさ》にふるった切っ先が、喜田川の脇腹を斬り裂いた。

一方、喜田川の切っ先は、菅井の鼻先をかすめて空を切った。

バラッ、と喜田川の着物の脇腹が裂けて垂れ、あらわになった腹部に血の線がはしった。次の瞬間、脇腹から血が噴き、傷口から臓腑が覗いた。

一瞬一合の勝負だった。

喜田川はたたらを踏むように泳ぎ、雑草の株に爪先を取られて前につんのめるように転倒した。

叢《くさむら》に腹ばいになった喜田川は、身を起こそうとして両手を地面に突き、顔をもたげて上半身を起こした。低い唸《うな》り声を上げ、ずるずると前に這《は》ったが起き上がることはできなかった。

「とどめを刺してくれる」

言いざま、菅井は喜田川に身を寄せた。そして、喜田川の背に刀身を突き刺した。

グッ、という呻《うめ》き声を上げ、喜田川は顎を突き出すようにして上体を反らせたが、そのまま前につっ伏してしまった。

喜田川の背から血が噴出した。その血が菅井の顔にもかかった。菅井の切っ先が、喜田川の心ノ臓をつらぬいたのである。

菅井は、目を源九郎たちに転じた。

そのとき、源九郎は立川と対峙していた。構えは上段である。一方、牧村は立川の左手に立ち、切っ先を立川の脇腹につけていた。

強風が源九郎の背から吹きつけている。背を押されるような風だった。雑草がなびき、ザワザワと音をたてていた。その雑草を、源九郎は爪先で分けるようにしてジリジリと間合をつめていく。

源九郎の動きに合わせて、牧村も間合を寄せていた。

立川は動かなかった。目を細めて、源九郎を見つめている。気を鎮めて、源九郎の斬撃の起こりを読んでいるのである。

源九郎と立川との間合がせばまっていく。ふたりの剣気が高まり、全身に斬撃の気配が満ちてきた。

牧村の顔がこわばっていた。目がつり上がり、唇がかすかに震えている。異様な気の昂《たかぶ》りのせいである。ただ、怯《おび》えてはいなかった。捨て身の気魄《きはく》がある。立川の脇腹にむけられた切っ先には、いまにも突き込んでいくような気配があった。

ふと、源九郎の寄り身がとまった。一足一刀の斬撃の間境に、右足の爪先がかかっている。

上段に構えた源九郎は、全身に激しい気勢を込め、斬り込む気配をみなぎらせた。気攻めである。

立川は動かなかった。八相に構え、柄頭を源九郎の目線につけている。

ピクッ、と源九郎の両拳が動き、かすかに刀身が下がった。と同時に、左手にいた牧村が、つっ、と切っ先を前に出した。

一瞬、立川の視線が左手に流れ、気が乱れた。

刹那、源九郎の全身に斬撃の気がはしった。立川の気の乱れをとらえたのである。

イヤアッ！

裂帛の気合がひびき、源九郎の体が躍動した。

間髪をいれず、立川が反応した。

八相から真っ向へ。霞颪の斬撃である。

太刀筋が見えない！

源九郎の目に、立川の刀身の放つひかりがかすかに映じただけだった。

キーン、という甲高い音がひびき、源九郎の眼前で二筋の閃光《せんこう》が合致し、青火が散った。

源九郎の刀身と立川の刀身がはじき合ったのだ。一瞬、立川の気が乱れたために、わずかに霞颪の斬撃が遅れ、源九郎の斬撃と同時になったのである。

次の瞬間、ふたりは背後に跳びながら二の太刀を放った。

源九郎は立川の手元に突き込むように籠手《こて》へ斬り込み、立川は源九郎の額を狙って斬り下ろした。

ふたりの切っ先は空を切って流れた。間合が遠く、切っ先がとどかなかったのである。源九郎は、立川が着地した瞬間をとらえ、

「いまだ、突け！」

と、叫んだ。立川の体勢がくずれたのだ。それに、着地した瞬間は体をひねって脇へ斬撃をあびせることができない。

エエイッ！

甲走った声を上げ、牧村が踏み込みながら刀身を突き出した。体ごと突き当た

るようなするどい踏み込みだった。

切っ先が立川の脇腹をつらぬいた。

「おのれ！」

立川が体をひねりざま、刀を振り上げ牧村に斬り付けようとした。

牧村は顔を伏せたまま刀の柄を握り、立川に身を寄せていた。切っ先が立川の脇腹に刺さったままである。

タアッ！

源九郎が鋭い気合を発し、立川が刀を振り上げた瞬間をとらえて斬り込んだ。踏み込みざま、袈裟へ。一瞬の反応である。

その切っ先が、刀を振り上げようとした立川の右の二の腕をとらえた。ザクリ、と着物が裂け、右腕が垂れ下がった。源九郎の一撃が、立川の右腕をうすく皮肉だけ残して截断《せつだん》したのだ。

立川は獣の咆哮《ほうこう》のような唸り声を上げて、つっ立っていた。左手だけで持った刀は、構えることもできないようだ。

右腕から、血が筧《かけい》の水のように流れ出ている。立川は憤怒に顔をゆがめ、口をひらいて歯を剝き出していた。夜叉のような形相である。

ぐらっ、と立川の巨軀が揺れた。なおも足を踏ん張って立っていたが、二、三歩よろめくと、天を仰ぐように顔を夜空にむけ、腰からくずれるように転倒した。

牧村は血濡れた刀を手にしたままつっ立っていた。返り血を浴びた顔が真っ赤に染まり、白い目だけが浮き上がったように見えていた。肩を上下させて荒い息を吐いている。

源九郎は牧村に歩を寄せ、

「みごと、父の敵を討ったな」

と、声をかけた。

「は、華町さまのお蔭で、ございます」

牧村が声を震わせて言った。目が異様にかがやいている。人を斬殺した興奮と大願を成就した歓喜が胸に衝《つ》き上げてきたのであろう。

そこへ、菅井が近付いてきて、

「おい、鬼のような顔だぞ。血を拭け」

牧村の血まみれの顔を見ながら言った。

「菅井もな」

源九郎が声をかけた。菅井も返り血を浴び、そうでなくとも般若《はんにゃ》のような顔が赤鬼のように見えたのだ。

四

「ねえ、小網町の越野屋のことを知っている」

お吟が、銚子を源九郎の前に差し出しながら訊いた。

源九郎と菅井は今川町にある浜乃屋に来て、衝立で間仕切りのしてある座敷で酒を飲んでいた。

「何のことだ？」

源九郎は手にした猪口《ちょく》に酒をついでもらいながら、脇にいる菅井に目をやった。菅井なら知っているかと思ったのである。

菅井は難しい顔をして首を横に振った。

「店をたたむそうよ。昨日、留《とめ》さんが、店《うち》に来てね。大戸がしまったままだと言ってたわよ」

留さんというのは、近所に住む浜乃屋の常連客で名は留助《とめすけ》という。五十がらみの大工である。

「店をたたむか」

源九郎は驚かなかった。ちかいうちにそうなるだろう、と思っていたのである。

源九郎たちが、熊井町で立川と喜田川を斬ってから一月ほど過ぎていた。この間、事件にかかわる様々な動きがあった。

熊井町へ出かけた翌日の夕方、源九郎、菅井、荒船、柳瀬の四人で、浜町堀にかかる高砂橋近くにある清水久兵衛の屋敷へ出かけた。屋敷といっても、微禄の武士の住む小体《こてい》な家である。

源九郎たちは、清水を斬らずに、捕らえるつもりだった。熊井町で立川たちを斬った翌日出かけたのは、立川たちが斬殺されたことを清水が知れば、屋敷から姿を消すだろうとみたからである。

また、斬らずに捕らえることにしたのは、柳瀬と荒船が捕縛したいと言い出したからだ。柳瀬たちによると、刺客のひとりである清水を捕らえ、秋月と越野屋の悪事を自白させれば、動かぬ証拠になるという。

「たとえ清水が拷訊《ごうじん》に耐え、自白しなかったとしても、秋月家の家士である清水が刺客一味にくわわっていたことがはっきりすれば、それだけで秋月を追いつめる証《あかし》になるはずなのだ」

柳瀬がそう言って、清水を捕縛するよう源九郎たちに頼んだのである。

陽が沈み、辺りが濃い暮色につつまれたころ、源九郎たち四人は清水家へ出向いた。

そして、清水を呼び出し、源九郎が清水に峰打ちをみまい、柳瀬と荒船が取り押さえたのである。

それから十日ほどして、はぐれ長屋に、柏崎家の用人の倉林、柳瀬、荒船が姿を見せ、あらためて礼金を手渡し、その後の経緯を話していった。

柳瀬たちによると、捕らえた清水はなかなか口をひらかなかったが、立川と喜田川が斬殺されたことを知り、さらに先に捕らえた又造がしゃべったことを話すと、観念したらしく秋月や越野屋とのかかわりを話し始めたという。

「われらの見込みどおり、秋月は立川たちを刺客として使い、出世の妨げになる者をひそかに暗殺したようだ。……さらに、秋月は柏崎さまが自分を内偵していることを察知し、まず手始めに牧村どのを斬殺し、さらに柏崎さまも暗殺することにしたらしい。そのさい、より万全を期すために清水や喜田川たちを仲間に引き入れたのだ」

柳瀬が言った。

秋月と立川とは同じ御書院御番与力だったころにかかわりができ、立川が御役御免になった後、秋月は立川の剣の腕を見込んでひそかに政敵の暗殺を頼んだという。

「越野屋と立川のつながりは」

源九郎が訊いた。

「秋月が仲立ちしたらしい。……秋月と越野屋の甚五郎は柳橋の料理屋で顔を合わせて話すようになったようだ。そうしたおり、甚五郎が秋月からそれとなく立川のことを耳にし、自分から立川たちの手を借りたいと言い出したそうだ。甚五郎のやり方は悪辣《あくらつ》だった。積極的に立川を使い、商売敵を脅したり、ときには密かに斬殺したりしたようだ」

「なるほど」

源九郎は、推測していたとおりだったので驚かなかった。

「それで、秋月はどうなるのだ」

源九郎が訊いた。

「秋月は病気を理由に、隠居を願い出てるそうだ。清水が捕らえられ、自白したことを知って、公儀から処罰される前に幕府の要職から身を引くことで罪を軽くしようとしたのだろうが、むろん、隠居ですまされるはずがない。……柏崎さまによると、秋月には切腹の沙汰がくだされるのではないかということだ」

「まァ、そうだろうな。……ところで、越野屋はどうなるな」

幕府の目付筋が町人を捕らえて吟味できないのは分かるが、甚五郎が何の処罰も受けないのでは公平さを欠くであろう。

「越野屋にも手は伸びている。あるじの甚五郎や番頭の房蔵を捕らえるべく、町奉行所が動いているようだ。又造や清水の吟味で、越野屋が指示して荒木屋の番頭を殺したことやその他の悪行があきらかになったからな。……柏崎さまが、ひそかに町奉行に知らせたらしいのだ」

柳瀬によると、近いうち、甚五郎と房蔵は町方の手で捕縛されるだろうということだ。

菅井や荒船たちは、黙って源九郎と柳瀬のやり取りを聞いていた。そして、ふたりのやり取りがとぎれたとき、源九郎の脇にいた菅井が、

「ところで、柿崎藩はどうなるのだ」

と、訊いた。そう言えば、柿崎藩も事件に一枚嚙んでいるのである。

「柏崎さまも、柿崎藩のことまでは手がまわらないようだが、秋月の悪行がはっきりすれば、公儀から柿崎藩に何らかの話はあるだろうな。……それに、清水の話から推測すると、用人の小松が強引に蔵元を荒木屋から越野屋に変えようとしたらしいのだ。当然、越野屋から小松に多額の賄賂《まいない》が渡っていたからだろう。いずれにしろ、甚五郎と房蔵が町方に捕らえられれば、蔵元は荒木屋がつづけることになる」

柳瀬が言った。

その後、柳瀬たちは、捕らえた清水も断罪されるらしいこと、父の敵を討った牧村慶之助が父の跡を継いで御徒目付《おかち》に出仕できるよう柏崎が幕閣に働きかけていることなどを話してから腰を上げた。

「あたし、旦那たちの噂も耳にしてるんだから」

お吟が、源九郎と菅井を見ながら小声で言った。

「何のことだ」

源九郎が言うと、菅井も気になったのか、猪口を手にしたままお吟に顔をむけた。

「熊井町の仇討《あだう》ちのこと」

そう言って、お吟が上目遣いに源九郎と菅井を見た。

「仇討ちだと」

「そうよ。……熊井町で仇討ちがあり、お侍がふたりも斬られたそうよ。その仇討ちに、腕の立つ牢人ふたりが助太刀にくわわっていたらしいの。そのふたりが旦那たち、そうでしょう」

お吟が、源九郎の顔に自分の顔を近付けながら言った。

「さてな、わしは知らんぞ」

源九郎はとぼけたが、声がうわずっていた。お吟の形のいい唇が目の前に迫ってきたからである。

菅井は何も言わず、ニヤニヤしながら手にした猪口の酒をうまそうに飲み干した。

「だめ、ごまかしても。うちにきたお客さんが遠くから見ていて、助太刀ははぐれ長屋の旦那方らしいって言ってたんだから」

なおもお吟は、顔を源九郎に近付けた。赤い唇がさらに迫ってきただけでなく、熱い息までが顔にかかった。

「み、見ていた者がいるのか。……わしらは、ただの検分役だよ」

仕方なし、源九郎はその場にいたことを認めた。源九郎の手がお吟の腰のあたりに出かかったが、思いとどまった。そばに、菅井がいるのだ。

「やっぱり、旦那たちだ」

お吟は、スッと顔を引いて座りなおした。

「うむ……」

源九郎は渋い顔をして、膳の猪口に手を伸ばした。

……惜しいことをした、手を伸ばせばお吟を抱けたのに。

と、源九郎は胸の内でつぶやき、次はおれひとりで来ようと思った。ふところが暖かったので、しばらくの間、浜乃屋に通うこともできるのだ。

菅井は何を思っているのか、口元に薄笑いを浮かべたままひとりで猪口の酒をかたむけている。

双葉文庫

と-12-26

はぐれ長屋《ながや》の用心棒《ようじんぼう》
秘剣霞颪《ひけんかすみおろし》

2010年8月14日　第1刷発行

【著者】
鳥羽亮《とばりょう》

【発行者】
赤坂了生
【発行所】
株式会社双葉社
〒162-8540 東京都新宿区東五軒町3番28号
［電話］03-5261-4818(営業)　03-5261-4833(編集)
http://www.futabasha.co.jp/
(双葉社の書籍・コミックが買えます)
【印刷所】
慶昌堂印刷株式会社
【製本所】
株式会社ダイワビーツー

【表紙・扉絵】南伸坊
【フォーマット・デザイン】日下潤一
【フォーマットデジタル印字】飯塚隆士

ISBN978-4-575-66456-0 C0193
Printed in Japan

秋山香乃
伊庭八郎幕末異聞
櫓《ろ》のない舟
長編時代小説〈書き下ろし〉
サダから六所宮のお守りが欲しいと頼まれ、府中まで出かけた伊庭八郎。そこで待ち受けていたものは……!? 好評シリーズ第三弾。

稲葉稔
不知火《しらぬい》隼人《はやと》風塵抄
波濤《はとう》の凶賊
長編時代小説〈書き下ろし〉
浦賀で武器弾薬の密貿易を阻止した不知火隼人。だが、護送の最中、頭目の男が自害してしまう。黒幕を追う隼人の前に、謎の美女が現れた。

今井絵美子
すこくろ幽斎診療記
梅雨《つゆ》の雷《らい》
時代小説〈書き下ろし〉
藪入りからいっこうに戻らない幽々庵のお端下・おつゆを心配した杉下幽斎は、下男の福助を使いにやるが……。好評シリーズ第二弾。

風野真知雄
若さま同心　徳川竜之助
片手斬り
長編時代小説〈書き下ろし〉
竜之助の宿敵柳生全九郎が何者かに斬殺され、示現流の達人中村半次郎も京都へ戻る。左手の自由を失った竜之助の前に、新たな刺客が!?

佐伯泰英
居眠り磐音《いわね》　江戸双紙33
孤愁《こしゅう》ノ春
長編時代小説〈書き下ろし〉
今津屋の御寮がある小梅村に身を移した佐々木磐音とおこん。田沼一派の監視の眼が光る中、新たな刺客が現れる。シリーズ第三十三弾。

坂岡真
照れ降れ長屋風聞帖
盆の雨
長編時代小説〈書き下ろし〉
秋風の吹きはじめる文月、三左衛門は、死を目前にしながらも亡き友の仇を捜し続けている老侍と知り合う。大好評シリーズ第十四弾。

鳥羽亮
華町源九郎江戸暦
はぐれ長屋の用心棒
長編時代小説〈書き下ろし〉
気侭な長屋暮らしに降ってわいた五千石のお家騒動。鏡新明智流の遣い手ながら、老いを感じ始めた中年武士の矜持を描く。シリーズ第一弾。

鳥羽亮

はぐれ長屋の用心棒
袖返し

長編時代小説〈書き下ろし〉

料理茶屋に遊んだ旗本が、若い女に起請文と艶書を掏られた。真相解明に乗り出した華町源九郎が闇に潜む敵を暴く!! シリーズ第二弾。

鳥羽亮

はぐれ長屋の用心棒
紋太夫の恋

長編時代小説〈書き下ろし〉

田宮流居合の達人、菅井紋太夫を訪ねてきた子連れの女。三人の凶漢の魔手から母子を守るため、人情長屋の住人が大活躍。シリーズ第三弾。

鳥羽亮

はぐれ長屋の用心棒
子盗《こと》ろ

長編時代小説〈書き下ろし〉

長屋の四つになる男の子が忽然と消えた。江戸では幼い子供達がいなくなる事件が続発。神隠しか、かどわかしか？ シリーズ第四弾。

鳥羽亮

はぐれ長屋の用心棒
深川袖しぐれ

長編時代小説〈書き下ろし〉

幼馴染みの女がならず者に連れ去られた。下手人糾明に乗り出した源九郎たちの前に立ちはだかる、闇社会を牛耳る大悪党。シリーズ第五弾。

鳥羽亮

はぐれ長屋の用心棒
迷い鶴

長編時代小説〈書き下ろし〉

源九郎は武士にかどわかされかけた娘を助けた。過去の記憶も名前も思い出せない娘を襲う玄宗流の凶刃！ シリーズ第六弾。

鳥羽亮

はぐれ長屋の用心棒
黒衣の刺客

長編時代小説〈書き下ろし〉

源九郎が密かに思いを寄せているお吟に、妾にならないかと迫る男が現れた。そんな折、長屋に住む大工の房吉が殺される。シリーズ第七弾。

鳥羽亮

はぐれ長屋の用心棒
湯宿《ゆやど》の賊

長編時代小説〈書き下ろし〉

盗賊にさらわれた娘を救って欲しいと船宿の主が華町源九郎を訪ねてきた。箱根に向かった源九郎一行を襲う謎の刺客。好評シリーズ第八弾。

鳥羽亮
はぐれ長屋の用心棒
八万石の風来坊
長編時代小説
〈書き下ろし〉
青山京四郎と名乗る若い武士がはぐれ長屋に越してきた。長屋の娘たちは京四郎に夢中になるが、ある日、彼を狙う刺客が現れ……。

鳥羽亮
はぐれ長屋の用心棒
風来坊の花嫁
長編時代小説
〈書き下ろし〉
思いがけず、田上藩八万石の剣術指南に迎えられた華町源九郎と菅井紋太夫に、迅剛流霞剣の魔の手が迫る！　好評シリーズ第十七弾。

鳥羽亮
はぐれ長屋の用心棒
はやり風邪
長編時代小説
〈書き下ろし〉
流行風邪が江戸の町を襲い、おののくはぐれ長屋の住人たち。そんな折、大工の棟梁の息子が殺され、源九郎に下手人捜しの依頼が舞い込む。

鳥羽亮
子連れ侍平十郎
上意討ち始末
長編時代小説
陸奥にある萩野藩を二分する政争に巻き込まれた、下級武士・長岡平十郎の悲哀と反骨をリリカルに描いた、シリーズ第一弾！

鳥羽亮
子連れ侍平十郎
江戸の風花
長編時代小説
上意を帯びた討手を差し向けられた長岡平十郎。下級武士の意地を通すため脱藩し、江戸に向かった父娘だが。シリーズ第二弾！

鳥羽亮
剣狼秋山要助
秘剣風哭《ふうこく》
連作時代小説
〈文庫オリジナル〉
上州、武州の剣客や博徒から鬼秋山、喧嘩秋山と恐れられた男の、孤剣に賭けた凄絶な人生を描く、これぞ「鳥羽時代小説」の原点。

鳥羽亮
十三人の戦鬼
長編時代小説
暴政に喘ぐ石館藩を救うため、凄腕の戦鬼たちが集結した。ここに〝烈士〟たちの闘いがはじまる！　傑作長編時代小説。